漢文読み下し

詩集

万物への畏敬と感動を詠う

沢登佳人

はじめに

この本に収録されている詩は漢詩ではありません。漢文読み下し体の日本詩です。

日本人にとって、漢詩作成上最も難しいのは平声と仄声との文字の組み合わせで、組み合わせの仕方によりいろいろ異なる抑揚が生じます。さらに脚韻の踏み方にもさまざまな法則があり、今体詩は原則として平声の文字を用います。

抑揚が比較的平板な日本語では、和歌や俳句のように五言や七言を適当に組み合わせそれに若干のアクセントを付け加えれば、誰でも容易に詩を作ることができ、上手か下手かは主として詩が表わす意味によって決まります。ですから、平仄、押韻を重視する中国の詩（漢詩）を中国語に堪能でない日本人が真似することは容易ではありません。

さらに日本語と中国語とでは単語の組み合わせ方（語順）にも大きな違いがあります。そこで昔の日本人は、送り仮名や返り点を用いて、漢文を日本語の意味を表わす訓に従って読む方法を考案しました。漢詩もこの方法で読めば意味はわかりますが、抑揚は全く伝わりません。

ところがこの方法で中国古来の優れた漢詩を読むと、不思議なことに原詩とは違う日本語独特のリズムが生まれ、そのリズムを意味とうまく組み合わせると独特の美が生まれます。

そこでこの方法を逆に漢詩の作り方に応用して、昔から幾多の和製漢詩人が現れました。ですが当然のことながら、彼等の作った詩は抑揚を重視する中国の詩人にはあまり喜ばれませんでした。

例えば頼山陽は江戸時代末期を代表する漢詩人ですが、代表作の一つ「泊天草洋（天草《あまくさ》ノ洋《なだ》ニ泊《ふなどまり》ス）」を漢詩の韻律に精《くわ》しい斎藤晌《しょう》先生はこう評しておられます。第一句「雲耶山耶呉耶越」は越を除いて平字ばかりで腑抜けて語呂が悪い。しかし「雲か山か呉か越か」と日本式に読むとリズムが良くて力強い。それなら初めから仮名まじりで書けばよく、漢詩にはならない。他の句、「水天髣髴青一髪（すいてんほうふつせいいっぱつ）、萬里泊舟天草洋（ばんりふねをはくすあまくさのなだ）、煙横篷窓日漸没（けむりはほうそうによこたわってひようやくぼっす）、瞥見大魚波間跳（べっけんすたいぎょのはかんにおどるを）、太白當船明似月（たいはくふねにあたってめいつきににたり）」も第一句ほど語呂は悪くないが快調ではない、と。（『漢詩入門』昭和二九年元々社）しかし読み下しで詠むと（括弧内）なかなかの名調子になります。

　本書の七六頁に書きましたが、正月元旦に新潟大学の屋上から越後平野を一望したところ珍しく見渡す限り雪が全くなく、豊かな田畑の黒土が広がっていたので、その感動を「越原千里黒土曠ク、遠巒日ニ輝ク雲外ノ雪、百年ノ苦寒歇ム時有リ、一隊ノ白鴻碧空ヲ渡ル」と、そのまま漢文読み下し体で表現しました。これを試しに押韻、平仄の法則に従って「越原千里南東ニ連ナリ、雪嶺天際ニ朔風ヲ圧ス、百年ノ苦寒歇ム日有リ、一隊ノ白鴻碧空ヲ渡ル」と改めて見たところ、見渡す限り豊かな黒土が広がっていた感動の表現が全く消え失せ、「百年ノ苦寒歇ム日有リ」が殆んど無意味になってしまいました。そこで悟ったのです。私のような中国語無知の日本人が韻律の法則に従って漢詩を作るのは徒労である、と。

　また一二九頁の「猿橋雪来タル」は、意識して脚韻（氣、霏、倚、磯）を踏んだ詩ですが、日本語に堪能な中国人の書家と画家との前で読み上げた所、即座に「あっ、韻を踏んでいる！」と言いました。目的語と動詞とを中国語とは逆に読んだのに、彼らの耳は瞬間的に、逆転して聴いたのでしょうか？　倚と磯の訓を音に置き換えたのでしょうか？　彼らと対等に漢詩を作るなど、初めからあきらめるべきだ、と思い知らされました。

　漢文読み下し体の日本詩に、その時々の素直な感動を盛り込もうとした私の拙い日本詩を、もしお読み頂ければ光栄です。

目次

古城址歴訪

青葉城

雨中ノ青葉山城本丸跡ヲ訪フ。土井晩翠荒城ノ月ノ碑有リ。折カラ仙台霊屋下政宗廟瑞宝殿発掘セ被《ら》レ、伊達政宗ノ遺体白骨ト化シテ出ヅト言フ。

密雲仙台ヲ籠メ
荒城細雨淋《そそ》グ
出墓ス英雄ノ骨
応《まさ》ニ故山ノ秋ニ寒カルベシ

（昭四九・一〇・二二）

妻ト（与）煙雨ノ青葉山中ヲ歩ム。時ニ行客絶エ、無人ノ売店ニテ餡饅頭《あんまんじゅう》ヲ食ス。

寒煙漠々トシテ樹影ヲ蔵《かく》シ
青葉山中只秋雨
我妻《つま》よ悔ユル勿カレ北陸ヨリ来タレルヲ
一軒ノ売店君ノ為ニ開ク

（昭四九・一〇・二二）

松島

蒼海席ノ如ク島坐スルガ如シ
松ハ翠蓋《すいがい》ヲ擎《ささ》ゲテ風、笙《しょう》ヲ吹ク
疑フラクハ是レ天帝眷属《けんぞく》ヲ率イ
下界ニ遊行《ゆぎょう》シテ楽《がく》ヲ張ル姿カト

青海は敷物のようで島々はそこに坐っているようだ。松は翠緑の傘を捧げ持ち風は笙を吹奏している。ことによるとこの姿は、天帝が一族郎党を引き連れて、下界に遊びに来てオーケストラを演奏させているのではなかろうか。

霞ハ海上ニ起コッテ島嶼《とうしょ》ヲ隠シ
奏楽聞コエズ（不）夕陽有リ
天人分離シテ幾刧《いくごう》ヲカ経タル
松島海上遊子愁フ

霞が俄かに海上に湧き起こって島々やみさきを隠し、奏楽は聞こえず、霞の中に夕日だけが見える。天と人とが分かれてこの方、どれほど永い歳月が流れたことか。松島の海上を眺めて旅人の心は沈む。

（昭五二・二・二六）

瑞巌寺《ずいがんじ》

深々タル松柏、樹根ノ雪
洞中ノ諸仏、滴瀝《てきれき》ヲ聴ク
正ニ是レ正法垂迹《しょうぼうすいじゃく》ノ地
奥院ノ伽藍《がらん》空シク壮麗

深く繁った松やひのきの根元には雪が残り、岩壁の洞中に刻された仏たちが雪融け水のしたたる音に耳を傾けている。

まさしくこれは、仏がこの世に現れて正しい法を説いた地である。

しかしそれにしては、奥の院の寺院建築は徒らに大きく飾り立てている。

北陲《ほくすい》ノ猛将隻眼《せきがんりゅう》龍
雄心伸ベズ（不）思ヒ鬱屈《うっくつ》
使ヒヲ羅馬《ローマ》ニ遣ハシテ虚名ヲ伝ヘシモ
中原鹿ヲ逐フハ此ノ公ニ非ズ

最北の地の猛将、独眼竜政宗は地の利に恵まれなかったので、
雄大な志を遂げることができず、思いが心にわだかまっていた。
せめてもと使者をローマ教皇に派遣して、日本国王の虚名を伝えたが、
天下を争うのはこの公ではなかった。

勾欄《こうらん》ノ彫龍徒ラニ蟠屈《ばんくつ》
扉面ノ刻鳳故《ことさ》ラニ矯誇
当時ノ名匠悉ク名ヲ連ネ
障壁ノ金碧之ガ為ニ暗シ

回廊の欄干に彫った竜はいたずらに曲りくねり、
扉の表面に刻した鳳凰はことさらにあでやかさを誇り、
障壁の金碧画は、作者に当時の有名画家がひとり残らず名を連ね、
その名に蔽われて折角の金碧の輝きが暗くなってしまうほどだ。

宝殿の木像両眼存シ
冑上《ちゅうじょう》ノ彎月《わんげつ》三尺長シ
憂愁隠レズ白皙《はくせき》ノ面《おもて》
人生何事ゾ空シク苦悩スル

宝物殿の木像は（隻眼ではなく）両眼にひとみが在り、
かぶと上の下弦の月は三尺ほども長い。
（まことに見事な伊達姿だが）色白の顔は憂いを隠せない。
君は人生どうして空しく苦悩するのか。

君真ニ東北ノ光ヲ耀カサント欲セバ
中央ノ文物借ルヲ須《もち》ヒズ（不）
殿前ノ老梅巨龍ノ如ク
永劫ノ豪華春ニ向カッテ誇ル

君がほんとうに東北の地に栄光をもたらしたければ、
中央先進地の文物を借用する必要はない。現に、
宝物殿の前の梅の老木は、巨大な竜に似て、
永遠に変わらぬ豪華を春に向かって誇っているよ。

（昭五二・二・二六）

藤原氏三代栄華ノ趾ヲ訪ヌ

其ノ一　中尊寺

西行ハ桜ヲ詠ジ芭蕉ハ雨
困翁《こんおう》詠ゼント欲ス老杉《ろうさん》ノ雪
運命何ニ因《よ》リテカ斯クノ如ク分カルル
貧窮孤独較《くら》ベテ深キガ為ナリ

西行法師は平泉で「聞きもせず束稲山《たばしねやま》の桜花、吉野のほかに斯在《かか》るべしとは」と詠み、芭蕉は中尊寺金色堂を訪ねて「五月雨の降り残してや光堂」と詠んだ。私、困翁（困学翁、困生民、困銭翁とも言う）は平泉で杉の老木に降り積む雪を詠もうと思う。彼らと私との運命は何が原因で分かれてしまったのか。貧窮と孤独が彼らに較《くら》べてより深いためである。（西行はあまたの荘園を所有していたから銭に困らなかった。芭蕉は行く先々に歓迎してくれる多くの弟子が居た。困翁には銭も無く弟子も居ない。）

小宇半《なか》バ朽ツ老杉ノ裡《うち》
中堂旧ノ如ク彩剥落《いろはくらく》
北国ノ風雪陰々トシテ昏《くら》ク
妖光独リ益《ま》ス金色堂

小さなお堂が老杉の林の中に半分朽ちかけている。
中堂は昔のままだが彩色は剝げ落ちている。
北国の風雪が陰々としてすべてを暗くしている中に
在って、
ひとり金色堂だけが妖しい光を増している。

（昭五二・二・二七）

其ノ二　金色堂

古来覇王《はおう》、皆死在リ
承露《しょうろ》、蓬莱《ほうらい》共ニ徒労

古来、征服によって強大な権力を獲た王たちもみんな死を免れなかった。

漢の武帝は高さ二十丈の承露盤（金銅《こんどう》仙人が巨手をひろげて捧げる銅盤に露をためる仕掛け）を造り、たまった露で不死長生の仙薬を錬ろうとしたが無駄であった。（後に魏の明帝がこれを長安より洛陽に移したが、車に載せられる時仙人が潸然《さんぜん》と涙を流した。唐の李賀は「金銅仙人漢ヲ辞スルノ歌」を作り、「茂陵ノ劉郎秋風ノ客。夜、馬ノ嘶《いなな》キヲ聞ケド暁ニ跡無シ。画欄桂樹秋香ヲ懸ケ、三十六宮土花碧《あお》シ。魏官車ヲ牽《ひ》イテ千里ヲ指シ、東関ノ酸風眸《ぼう》子《し》ヲ射ル。空シク漢月ヲ将《ひき》イテ宮門ヲ出ヅレバ、君ヲ憶ウテ清涙鉛水ノ如シ。衰蘭客ヲ送ル咸陽ノ道。天若《も》シ情有ラバ天モ亦老イン。盤ヲ携エテ独リ出ヅレバ月荒涼。渭城《いじょう》已《すで》ニ遠ク波声小ナリ。」と歌った。茂陵は武帝の陵、劉郎は武帝劉徹。）

また秦の始皇帝は不死を求め、方士徐市《じょふつ》らに神薬を求めさせた。数年探したが手に入らず、費用が多過ぎると罰せられるのを恐れて「蓬莱の島に行けば薬が手に入るが、巨大な鮫魚がいて近付けない。弓の達人を伴い現れたら、射殺しよう」と嘘をついた。始皇は自分で魚を探して射殺しようと旅する途中病死した。

不死求メ難クンバ寧《むし》ロ死ヲ購《もと》メ
自ラ仏国ヲ創ッテ死シテ之ニ住マン
北国ノ雄王意図壮ナリ
心ニ恃《たの》ム黄金ト（与）権勢ト

不死が求め難ければむしろ死の世界を買い取り、
自分で仏の国を創って死んだらそこに住もう。
北国の英雄王は意図が壮大だ。
頼みとしたのは所有する巨額の黄金と権勢とである。

南海ノ硨磲《しやこ》中国ノ漆《うるし》
帝都ノ百工、千仏師
海山万重踏破シ来タリ
因ッテ出ヅ、方丈ノ仏国土

南洋の国々からは（螺鈿《らでん》の素材である）シャコ貝、中国
からはうるし、
京都からは多数の名工と仏師が
幾重の海や山を踏み越えて平泉にやって来て、
その結果一丈四方の仏の国が出現した。

螺鈿ノ宝華《ほうげ》、銀ノ孔雀
七宝ノ番蓮、金ノ屋床
微妙ノ霊光巻柱ヲ旋リ
黄金ノ仏身壇上ニ棲ム

ラデンの法相華《ほっしょうげ》（蓮華が宝物を載せた模様）、銀ノ孔雀模様。
シッポウの唐草模様、黄金の屋根と床。
微妙な霊光が真木柱《まきばしら》をめぐって漂い、
黄金の仏の身体が須弥山《しゅみせん》世界を像った須弥壇上に棲んでいる。

千年ノ風霜侵シ得ズ（不）
今モ行客ヲ誘フ、夢幻郷
怪シイ哉、主人今安《いづ》クニ在リヤ
壇下ノ遺体、乾イテ脯《ほ》ノ如シ

千年間の風霜も侵すことができない。
今も当時の姿のまま旅人を夢幻の世界に誘っている。
（だが）怪しいなあ、肝心の主人は今どこに居るのか。
壇下に納められた遺体はミイラ化して乾いた乾し肉のようだ。

仏法果タシテ能ク来世ヲ証サバ
何ゾ須《もち》ヒン、地上ニ仏界ヲ現《げん》ズルヲ
或ヒハ又来世、若《も》シ未ダ在ラズンバ
憂フル勿カレ、死後無窮ノ事

仏の法がほんとうに来世の存在の証しであるならば、どうして現世に仏の世界を出現させる必要があろうか。あるいはまた、来世がもしどこにも存在しないならば、死後永遠の未来のことを心配しても仕方がない。

行客堂ヲ出デテ妖夢ヲ逐《お》ヘバ
飄風吹キ過グ、枯樹ノ梢

旅人が堂を出て、未だ醒めやらぬ夢の光景を追い駆けていると、
突風が枯れ木の梢を鳴らして吹き過ぎて行った。（そこでハッと我れに還った。）

（昭五二・二・二七）

其ノ三　毛越寺《もうつうじ》(注1)

雪ハ満庭ヲ埋ヅメ又池ニ満ツ
陽光何ユエゾ此ノ地ニ度《わた》ラザ（不）ル
泰衡《やすひら》ノ悲哀、義経《よしつね》ノ怨ミ
総《すべ》テ雪下ニ籠メテ春ヲシテ融カ令《し》ム

山門彷彿《ほうふつ》タリ、巨石ノ跡
鷁首《げきす》眼ニ浮カブ、心字ノ池
寒風ハ似ズ（不）、管弦ノ音《ね》
雪中尚《なお》立ツ、夏草ノ碑(注2)

（注1）山寺、瑞巌寺、中尊寺と共に慈覚大師円仁の開基。中尊寺と共に堀河天皇の勅願を受けて藤原氏が起工し、万宝を尽くして造営した。我が朝《ちょう》無双の精舎と誇った寺であったが、今は礎石をとどめるのみ。庭園は二代基衡《もとひら》の造営。当時は心字の形の池に龍頭鷁首《げきす》の舟を浮かべ、舟上に管弦を奏したと言い伝う。

（注2）芭蕉の「夏草や兵どもが夢のあと」の句碑が境内に在る。翁の真筆の模刻である。

（昭五二・二・二七）

飯盛山《いいもりやま》ヨリ鶴ヶ城ヲ望ンデ白虎隊《びゃっこたい》ヲ懐フ(注1)

白壁皓《こう》々紅樹ノ上
銀鯱燦然《ぎんこさん》碧天ノ際《きわ》
城下炎上シテ君主降《くだ》ル
少年ノ自刃《じじん》果タシテ徒死《とし》ナル
石牆《せきしょう》(注2)語ラズ（不）当時ノ恨ミ
濠水《ごうすい》(注3)答ヘズ（不）老客ノ憂ヘ

（注1）一八六八年、維新政府軍の攻撃を迎えて会津藩は、十七歳の藩士の子弟を以て白虎隊を編成したが、そのうち二番隊士らは飯盛山において、城下の町の炎上を城の炎上と錯覚し、二十一名悉く自刃した（一名は救命された）。その後藩は政府軍に降伏した。

（注2）石垣。

（注3）堀の水。

（昭五〇・一一・四）

飯盛山懐古

遥カニ鶴城ヲ望ンデ思ヒ如何ナリシ
憐ム可シ、白虎ノ二番隊
上士ハ町ヲ焼イテ君主ニ従ッテ籠ル
中ニ在リ白虎ノ一番隊（注1）
君主ノ汝ヲ棄遣セルヲ知ラズ（不）シテ
偏ヘニ君ニ殉ゼント急グ、豈ニ悲シカラズ（不）ヤ
重ネテ城影ヲ索《もと》メテ老眼迷フ
唯ニ雲煙ノ垂ルルコト低キガ為ノミナラズ（不）

遥かに鶴ヶ城を望んでどんな思いだったのだろう。可哀そうだなあ、白虎の二番隊士らは。

上級武士は城下町を焼き払って殿様に従って城に立て籠もった。

その中に上級武士の子弟から成る白虎の一番隊が居た。

二番隊士は殿様がきみたちを捨て去ったのを知らないで、
ひたすら殿様に殉じようと急いだが、何と悲しいことではないか。

私は重ねて城の姿を見ようとするが、老いの眼はさ迷ってよく見えない。

ただ雲や霞が垂れて低いためだけではない（涙のせいもあるのだ）。

官兵潮《うしお》ノ如ク弾《たま》雨ノ如シ
決河呑ミ尽クス最前ノ軍
憐ム可シ白虎ノ足軽隊
後陣既ニ潰《つい》エテ尚敵中
北《に》ゲント欲スレバ斉射忽チ的《まと》ト為リ
生キント欲シテ屍《しかばね》ニ倣ヘバ弾《たま》更ニ襲フ
腐肉散骨人拾ハズ（不）
上《しょう》天何ノ意ゾ是《かく》ノ如ク私《わたくし》アル
香煙濛々二十ノ墓
羨《うらや》ム可シ白虎ノ二番隊

官軍は潮のような勢で攻めかかり弾丸は雨のようだ。

川の堤を切ったように会津軍の最前線を呑み尽くす。

可哀そうだなあ、白虎の足軽隊は。

武士たちから成る後方の三、四番隊がすでにくずれて逃げ去ったのに、逃げる隙が無く敵中に取り残された。

逃げようとすると忽ち一斉射撃の的となり、
死んだふりして助かろうとしても弾丸はさらに飛んで来る。

戦死しても彼らの腐った肉や散らばった骨は誰も拾ってくれない。
天帝はどういうつもりで、このようにえこひいきするのか。
詣でる人々の献ずる香の煙が濛々と立ち籠める白虎の二番隊二十人の墓。
羨ましいなあ、白虎の二番隊士たちは。

(注1) 官軍の進攻に備えて会津藩は、全藩士を年齢の高い順に玄武、青龍、朱雀、そして白虎の四隊に配し、各部隊を更に身分順に一から五隊に分けた。白虎隊は十六、七歳の藩士子弟を身分の高下に従い、上士一番隊から足軽五番隊までに分け、三・四・五番隊は早くから前戦にいた。二番隊は、藩主が初め城外に出陣した時旗本にいたが、前戦の危急を救う為に派遣され、翌日敗走して飯盛山にたどりついた。すでにその時、板垣退助率いる官軍先鋒は城下に攻め入り、藩主松平容保は上士とその家族五千人と共に、城下を焼いて本丸に籠っていた。

(昭五一・八・二七)

上杉神社稽照殿ニ謙信愛用ノ明七宝唐草文《みんしっぽうからくさもん》馬上盃《ばじょうはい》ヲ観ル

有明《ゆうみん》七宝ノ馬上盃
紅碧黄金今モ燦然
知ル、情ヲ解シテ初メテ武略有ルヲ
英雄ノ風流眼中ニ在リ
曾《かつ》テ是レ陣中霜夜《しもよ》ノ宴
月光過雁定メテ影ヲ宿セル(注1)

(注1) 月光と過ぎゆく雁の姿が、この盃に盛った酒の面に映ったにちがいない。上杉謙信は、武田信玄の死後信玄と結んだ越中の一向一揆を抑え、越中から能登に進んで七尾城を陥し入れ、越後越中に能登を併合して祝の宴をはり、得意の心と合わせて家郷を想う詩を詠んだ。「霜ハ軍営ニ満チテ秋気清シ。一行ノ過雁月三更。越山併セ得タリ能州ノ景。遮莫《さもあらばあれ》家郷ノ遠征ヲ想フハ。」(三更は午前〇時前後。遮莫は、「たとえ……であっても」「ともあれ、かくもあれ」「ままよ」。なお「眼中ニ在リ」は「眼に浮かぶようだ」という意味。)

(昭四九・一一・四)

上杉謙信廟

一甕《おう》固ク封ズ英傑ノ躯《からだ》(注1)
故山永遠《とこしえ》ニ還リ得ズ（不）
異郷ノ抔土《ほうど》秋応《まさ》ニ冷ヤカナルベシ
況ンヤ金甲ノ白骨ニ触レテ鳴ルヲヤ(注2)

（注1）謙信の遺骸は甲冑を装して甕の中に入れ、蝋で固く封じ、土中に埋めて、今なお廟中に在ると言う。初め越後に葬ったが、二代景勝が秀吉の命に依り会津に移り、関ヶ原の役に石田三成と組んで会津に挙兵した為役後家康の命に依り米沢に移封されたので、遺骸を新領地に移して祀った。

（注2）五行（木火土金水）の金、五色（青赤黄白黒）の白は、方位（東西南北）の西、四季（春夏秋冬）の秋、四神（青龍、朱雀、白虎、玄武）の虎に対応する。謙信の幼名は長尾虎千代、元服後は平三景虎、上杉憲政から上杉姓と関東管領職を受けつぎ政虎と改め、さらに将軍足利義輝の偏諱を受けて最終名は輝虎。故山の越後は米沢の西に当る。

（昭四九・一一・四）

上杉家廟

中ニ祖廟ヲ挟ム歴代ノ廟
四百年来坐シテ伴食《ばんしょく》ス
老杉蔽ハズ（不）家計ノ貧シキヲ
風雨壁ヲ穿《うが》ッテ埋ムルニ板ヲ当ツ(注1)

（注1）祖廟は謙信の廟。伴食は「主客（ここでは謙信）のお伴でご馳走を受けること」。上杉家は、秀吉の命により越後から会津に移封されて一二〇万石、関ヶ原役に敗れて米沢三〇万石、更に一六六四年には藩主綱憲の急死により一五万石（実高二八万石）と石高従って税収が次々に減ったのに、それに応じて家臣の数を減らさなかったから、財政の苦しいことで有名だった。

（昭四九・一一・四）

津川《つがわ》麒麟山《きりんざん》狐《きつね》戻《もどり》城《じょう》本丸跡(注1)

黄楓日ヲ遮《さえぎ》ッテ化シテ金ト為ル
樹下深ク包ム黄金光
連山ノ落日葉間ニ歌ヒ
碧水ノ銀光幹間ニ語ル

(注1) 津川城は中世会津蘆名氏の一族金上氏代々の居城。一五八九年に蘆名氏滅亡後は、会津藩の支城として重きを成したが、一六一七年破却された。

(昭五〇・一一・一三)

麒麟山展望台懐古

眼下川合シテ積水深シ
秋山重畳天ニ連ナッテ愁フ
往時行客此ノ津ノ泊《とま》(注1)リ
落日思郷古城ノ辺《ほと》リ

(注1) 津川は津川城の城下町で、阿賀野川と会津街道の交差点に立地し水陸の便を得て発達し、城の破却後も上方との流通の発達により会津藩の西口の陸継ぎ河岸《かし》場《ば》として重要性を増したが、一九一四年磐越西線開通により河岸町の歴史を閉じた。

(昭五〇・一一・一三)

新発田《しばた》城ニ菖蒲花正ニ発《ひら》クト聞キ、濠《ほり》ニ之ヲ訪ヌレド見《あ》ハズ（不）。旧城内自衛隊営中ニ隊士ガ植《う》ウル所ノ菖蒲花盛リナリ。行キテ之ヲ観ル。

城門昼鎖ヂテ影《かげ》池ニ満ツ
三三五五垂釣《すいちょう》ノ客
菖蒲葉盛ンニシテ花ヲ開カズ（不）
水濠空シク巨蛙《きょあ》ヲシテ棲マ使《し》ム

城中ノ隊士、昇平ニ馴レ
訓練効無ク只花ヲ造ル
誰カ言フ徒ラニ国用ヲ濫費スト
平地湧出ス、湖水ノ色

休日閑散トシテ営ニ兵無シ
却ッテ行客ノ湖色ニ酔フ有リ
古名空シカラズ（不）、菖蒲城（注1）
将軍善ク知ル、兵ハ凶器ナルヲ（注2）

（注1）新発田城は濠に菖蒲が多かったので、昔の人が、「菖蒲城」と呼んだ。
（注2）「軍隊は不吉だから使用を慎むべき道具である」ということを、この自衛隊の長官は善く御存知である。

（昭五〇・七・四）

上田城ニ遊ビ真田《さなだ》一族ヲ想フ

保身能ク得タリ名将ノ名
朝《あした》ニ武田ニ従ヒ暮ニハ豊臣
百年猫額《びょうがく》ノ城ヲ守ルニ比ブレバ
四万ノ大軍防グコト何カ難キ

真田昌幸は保身の巧みさで有名な名将だった。初めは武田勝頼に仕え、武田氏滅亡後は北条、上杉、徳川各氏の間を巧く縫って上野《こうづけ》国沼田領を確保し徳川に属したが、家康が沼田を北条氏直に与えようとしたので豊臣秀吉に属した。このように父祖以来代々百年にわたって猫の額《ひたい》ほどの小城を守り抜いたのに比較すれば、関ヶ原役に西軍に加わり上田城に拠って徳川秀忠三万八千の大軍の西上を阻止する程度のことは、何と容易なことだったろう。

城上遥カニ望メバ地ノ平ラカナル無シ
盆地悉ク千曲《ちくま》ニ向カッテ落ツ
地険《けわ》シケレバ民勤《たみきん》ニ主ハ謀《はかりごと》ヲ事トス
幸村《ゆきむら》ノ明智、基ヅク所有リ
水藻《みずくさ》厚ク覆ッテ濠《ほり》緑ニ光ル
知ラズ（不）、之ト孰《いず》レカ深浅ゾ

城の上から見渡すと、どこにも平らな土地が無い。上田盆地はすべて千曲川（信濃川上流）に向かって低くなって行く。

このように地が険しいから民は勤勉でなければ生活できず、君主は謀略を駆使しなければ保身できない。昌幸の子の幸村が、後に大阪冬の陣で出城真田丸《さなだまる》に拠って敵を苦しめたり、夏の陣では家康に死を覚悟させた程に追い詰めたりしたあの見事な智謀には、父の背を見て育ったという立派な根拠が有ったのだ。眼下の堀は藻が厚く覆って水が緑色に光っている。昌幸、幸村の智恵とこの堀と、どちらが深くどちらが浅いのだろうか。勿論前者が深いに決まっている。

（昭五〇・八・一九）

上田市立博物館ニ真田昌幸着用ノ甲冑《かっちゅう》ヲ観ル。冑上黄金ノ六連銭在リ。

武田精強第一ノ軍
皆知ル真田六連銭
金色日ニ輝クトキ誰カ敢テ当タラン
豈ニ思ハンヤ、今日眼中ニ見ントハ
甲冑孤《ひと》リ佇《たたず》ンデ昼森閑
耳底猶《なお》聞ク、陣馬ノ嘶《いなな》キ

（昭五〇・八・一九）

真田昌幸、幸村父子ノ行《うた》

父ハ三タビ主ヲ換エ子ハ節ニ死ス
道ハ豈ニ異ナランヤ形勢異ナリ
生キナバ当ニ父ノ如ク苦渋ニ生クベク
死サバ当ニ子ノ如ク爽快ニ死スベシ
名将ノ心事豈ニ知リ難カランヤ
父創リ子述ベテ以テ道ヲ完《まった》クス
我レハ二兎ヲ追ウテ中道ニ塞《そく》ス
我ガ文ヲ継グモノ無シ、道ヲ如何ニセン

（終り二句の解説）私は険しい人生を何とか渡り歩きながら真理追求の節操は貫き通すという二匹の兎を追いかけてきたが、人生の半ば（この時四八歳）で両立の道に行き詰まってしまった。私の学問・文芸を継いでくれる者も見当らない。この道をどうしよう。（その後私は私の学に賛同してくれる知友にめぐり合い宇宙超出学会を創設してもらったおかげで、失いかけた道を再び切り開いて宇宙超出学の一応の完成を見る所まで辿り着くことができたのです。）

（昭五〇・八・二〇）

小諸《こもろ》北郊民宿ノ展望台

盆地ノ中央三峯ノ麓
所ハ平坦ナリト雖モ悉《みな》傾クニ因リ
一タビ望台ニ登レバ一望緑ナリ
青々タル階田、鬱々タル桃
小諸指サス可ク上田ハ霞
浅間《あさま》靄ニ入ッテ山色紫ナリ
漸老帰《ぜんろうき》無シ天地ノ間
華髪風ニ向カッテ更ニ白キヲ増ス
時ニ妙齢ノ女、我ニ話《わ》シ来タル
定メテ此レ落日郷愁ノ為《しわざ》ナルベシ

（昭五〇・八・一八）

小諸懐古園ニ遊ブ

名将城ヲ築クハ地ノ嶮《けん》ナルニ因ル
豈ニ期センヤ千年騒人ノ起コルヲ
石牆《せきしょう》壊《かい》ニ就イテ水濠涸《か》ル
小諸城外白雲在リ

武田信玄が山本勘助に命じて此の地に砦を築かせたのは、此処が険しい要衝の地だったからだ。

まさか千年後に島崎藤村という詩人が此の地で名高い「千曲川旅情歌」を詠《よ》もうと思いたつとは、考えもしなかったろう。

石垣は崩れ始め、堀は水が涸《か》れている。

唯城外の空には、藤村が「小諸なる古城のほとり、雲白く遊子かなしむ」と詠ったその白雲が浮かんでいる。


（昭五〇・八・一九）

松本城

魚影見エズ（不）濠《ほり》緑玉
涼風藻ヲ吹イテ光、渡ルガ如シ
遥カニ城楼ヲ望メバ気、粛然
黒壁固ク鎧《よろ》フ甲士ノ姿
城頭雲動イテ瓦《が》鯱《こうこ》揺ク
疑フラクハ風雲ヲ望ム大将軍カト

巨木相拄《ささ》ヘテ鉄骨ヨリ勁《つよ》ク
漆喰《しっくい》厚ク固メテ銅壁ヨリ堅シ
風雨侵サズ（不）敵迫ラズ（不）
銃眼空シク睨ム四百年
長物用無キモ誰カ非ナリト言ハン
一代ノ精神伝ヘ得テ在リ

城上直チニ望ム北阿《ほくあ》ノ極ミ
神州ノ全山纜結《らんけつ》（注1）ス可《べ》シ
城小ニ地狭キモ気宇壮ナリ
况ンヤ又歳月彫琢《ちょうたく》ノ全キヲヤ
眼下濠水緑琅玕《りょくろうかん》（注2）
一行ノ白鳥藻《も》ヲ分ケテ行ク

（注1）舟をつなぎ止めるようにとも綱で繋留する。
（注2）翡翠玉の最高最美なるもの。

（昭五一・八・六）

躑躅《つつじ》ヶ崎懐古（注1）

盆地ノ北隅数樹ノ森
水濠泥浅ク青蛙《せいあ》棲ム
人ヲ以テ城ト為ス、英雄ノ居
主人已《すで》ニ去ッテ一蟬《せん》吟ズ

（注1）甲府市北郊に在る。今武田神社が在る。武田信玄居館の地。周囲百余間、水濠纔《わず》かに繞《めぐ》り石牆《せきしょう》高さ数尺に過ぎず、甚だ英雄の居城に似ず。名将この猫額に拠って天下を威《おど》す。常に自ら称す「人は石垣、人は城」と。真に知る、地の利は人の和に如かざるを。

（昭四七・一二・九）

風林火山ノ旗、今恵林《えりん》寺宝物殿ニ在リ、長サ丈餘。

去年南ニ戦ヒ今年ハ北
地ヲ掠《かす》メ人ヲ殺ス、徐《しず》カナルコト林ノ如シ（注1）
紺地金泥孫子《そんし》ノ語
鉄騎之ヲ守ル武田ノ陣

（注1）武田信玄が戦に勝って一寺で休憩した時の偶作の詩「江南鏖殺《おうさつ》ス十万ノ兵、腰間ノ一剣血尚腥《なまぐさ》シ。豎僧《じゅそう》ハ識《し》ラズ山川ノ主。我レニ向カッテ慇懃《いんぎん》ニ姓名ヲ問フ。」鏖殺は皆殺し、豎僧は僧をあなどって言う言葉。

（昭四七・一二・九）

恵林寺信玄廟

人生忽々《そうそう》トシテ馬上ニ過グ
肺ヲ病ンデ猶《なお》望ム、京師《けいし》ノ空（注1）
名将眠リ深シ松風ノ下
夏日葉ヲ漏レテ夢魂、緑《みどり》ナリ

（注1）信玄は上洛を目指して三方ヶ原に徳川・織田軍を敗り、進んで三河国野田城を囲んだが、病により陣中に没した。

（昭四七・一二・九）

恵林寺夏日

古刹《こさつ》水殿涼風渡ル
長廊齋《とき》（注1）ヲ運ブ青眉《せいび》ノ僧（注2）
夏雲日ヲ漏ラシテ緑陰濃ク
紅鯉《こうり》悠然タリ心池《しんち》ノ昼（注3）

（注1）僧侶が正午にとる食事。
（注2）白眉の老僧に対し、眉の青い（黒い）若い僧を言う。
（注3）恵林寺庭園は夢窓疎石の作で、池泉回遊式の名庭。池は心の字を象ったものと言う。

（昭四七・一二・九）

恵林寺庭園春夢

心池ノ躑躅《つつじ》紅《くれない》燃ユルガ如シ
快川《かいせん》和尚《わじょう》安禅ノ処《ところ》
他年山門業火ノ時
心頭ニ閃《ひらめ》キ出デシハ是レ此ノ花(注1)

心字の池を囲む石山の間に植えたつつじの花は燃えるように紅い。
ここは快川紹喜《じょうき》が安らかに坐禅をした場所である。
後年彼が山門上で焼き殺された時に、
脳裡に閃き出た光景は、正《まさ》しくこの花だったのだ。

（注1）快川紹喜は臨済宗の僧。美濃に生まれる。京都妙心寺に住し、後に美濃崇福寺《すうふくじ》、更に武田信玄の招請により甲斐塩山《えんざん》の恵林寺に移った。武田氏滅亡に際し、佐々木承禎（六角義賢）一味をかくまったために織田信長の兵に寺を焼かれ、山門上において一山の僧や老若百餘人と共に火中に没した。この時「安禅不必須山水、滅却心頭火自涼（安禅必ズシモ山水ヲ須《もち》ヒズ、心頭ヲ滅却スレバ火モ自《おのずか》ラ涼シ）」＝（安らかに坐禅する処は山水の間とは限らない、意識を消し去れば火も自然に涼しい）と唱えて火定したと伝えられる。この言葉は、晩唐の詩人杜荀《とじゅん》鶴の「夏日題悟空上人院」と題する詩「三伏閉門披一衲、兼無松竹蔭房廊（猛暑の時期に寺の門を閉じて風を通さず一枚の僧衣を重ね着する。その上部屋や廊下には日を遮る松や竹の蔭も差さない。）」に続く下二句を借用したもので、臨済宗で尊重される公案集「碧巌録」四十三則にも引用されている。（昭四七・一二・九）

岩殿《いわとの》城懐古

織田・徳川連合軍ニ攻メラレ窮地ニ陥ッタ武田勝頼ハ、夫人北条氏ノ里ナル相模後北条氏ニ援ケヲ求メント、郡内《ぐんない》領主小山田《おやまだ》信茂《のぶしげ》ノ誘イニ応ジテ一五八二年（天正十年）三月三日現大月市岩殿城ニ向カッタガ、九日ニハ裏切ッタ信茂ニ鉄砲ヲ撃チカケラレテ行ク手ヲ阻マレタ。

岩殿ノ断崖直《なお》キコト壁ノ如シ
径《ただ》チニ青天ヲ指《さ》シテ桂陽(注1)ニ聳ユ
万兵仰ギ攻ムルモ攀《よ》ヅル能ハズ（不）
一将心《こころ》叛《そむ》イテ千古空シ
若シ勝頼ヲシテ能ク之ニ拠ラ使《し》メバ
織軍(注2)ノ伏屍《ふくし》桂谷ヲ埋ヅメシヲ
魑魅《ちみ》巖(注3)ヲ動カシテ落石頻リナリ
山麓草《くさ》枯レテ樹《き》風ニ鳴ル

（注1）桂川《かつらがわ》の北岸。
（注2）織田軍。
（注3）魑は山の神霊、魅は老樹老物の精。

（昭四七・一二・一五）

天目山《てんもくざん》懐古

小山田信茂ニ叛カレテ道ヲ失ッタ武田勝頼ハ、今ヲ最期ト、先祖武田信綱ガ上杉禅秀ノ乱デ戦死シタ天目山ヲ死地ト決メ、初鹿野《はじかの》カラ笛吹川ノ支流日川《ひかわ》ノ谷ヲ上ッタ。従フ者僅カ四十数名。織田ノ先鋒瀧川一益、河尻秀隆ラニ攻メラレ、善戦ノ果テ二十名ノ女房ラ共々討死シ、勝頼ハ夫人北条氏、嫡子信勝ト共ニ自刃シタ。武田・織田将兵ノ血デ日川ハ三日紅《くれない》ダッタ。故ニ三日血川《みっかちがわ》、略シテ日川ト呼ブト伝エラレル。同年徳川家康ハ、此ノ地ニ勝頼主従追悼ノ為天童山景徳院《てんどうざんけいとくいん》ヲ建テタ。

此ノ川嘗テ熱血ニ染ミテ流ル
勇士力ハ尽ク塁石《るいせき》ノ間
武田ノ旌旗今何《いず》クニ在リヤ
鳥啼キ花落チテ水空シク流ル

景徳院前一片ノ石
北条夫人自刃ノ跡（注1）
故郷遠望スレド山河隔ツ
遺恨虚シク埋ヅム、十九ノ春
天目山風《てんもくさんぷう》春尚寒シ
今モ悲哀ヲ餘シテ渓谷ヲ渡ル
中歳多艱、常ニ死ヲ思フ（注2）
道ハ雲煙ニ入ッテ窮メ得ズ（不）

（注1）院前に三小平石在り。勝頼父子と北条夫人自刃の所と言う。
（注2）作者この年四十五歳。最も苦難の時節であった。

（昭四七・一二・六）

岐阜城址山下ノ古池ニ遊ブ

関ヶ原ノ戦デ石田三成ニクミシタ織田秀信（織田信長ノ長子信忠ノ長子。幼名三法師。）ハ岐阜ニ籠城シタガ陥落。此ノ時奥女中ノ多クガ岐阜城ノ山下ノ池ニ身ヲ投ジテ死ニ、ソノ魂ガ化シテ河鹿《かじか》（かじか蛙）トナッタト伝エラレテイル。世ニ言フ「織田ノカワヅ」デアル。訪レタ時、一組の男女ガ池ノホトリデ語ラウテイタ。

美姫《びき》ノ振袖《ふりそで》、断崖ニ翻《ひるがえ》リ
黒髪《くろかみ》藻ノ如ク水底ニ沈ム
畳《じょう》々タル緑水《りょくすい》、千年ノ恨ミ
今モ蛙声《あせい》ト成ッテ汀際《ていさい》ヲ遶ル

青春何ゾ関セン、亡国ノ事
池辺ニ喃語《なんご》スレバ蝉《せみ》降ルガ如シ
翠葉深ク相思ノ人ヲ鎖《とざ》スモ
水中歴々タリ、相依ル影

（昭四九・九・一二）

金華山頂《きんかさんちょう》岐阜城址ノ模擬天守閣ニ登ル

岐阜城ハ戦国時代長良川《ながらがわ》河畔稲葉山《いなばやま》（現在、金華山）ニ築カレタ城。齋藤道三《どうさん》、義龍《よしたつ》、龍興《たつおき》ト受ケ継ガレタガ、織田信長ガ奪ッテ居城トシ、コノ城ト城下町井口《いのくち》ヲ岐阜（周ノ文王ノ岐山《ぎざん》ト孔子ノ曲阜《きょくふ》トヲ併セタ名称）ト改称シタ。以後織田信忠、信孝、池田輝政、織田秀信ト受ケ継ガレタガ、秀信ノ関ヶ原ノ戦ノ敗北ニヨリ廃城トナル。

平野、長流、望ミ窮マラズ（不）
金華城頭、雲甍《くもいらか》ヲ流ル
千丈ノ絶壁緑樹深シ
猿猱《えんどう》モ攀ヂズ（不）、況ンヤ敵兵ヲヤ

濃尾平野を貫流する長良川の眺めは果てしも無い。
岐阜城の頂には雲がいらかを流れている。
千丈の絶壁には緑樹が深く茂り、
猿でさえよじ登りえない、まして敵兵は。

嘗テ此ノ地ニ立チシ幾英雄
猜疑《さいぎ》スレバ山川、皆《みな》敵ノ如シ
夜ハ天風ヲ聞イテ敵襲カト驚ク
宜《むべ》ナル哉、臣子ノ君父ヲ弑《しい》セシコト

昔此の地に立った幾人もの英雄は、
疑いを以て人を見るので、山も川も皆敵のように思われた。
夜は天空の風の音を聞いては、敵の襲撃かと驚いた。
もっともだなあ。臣が君を殺し、子が父を殺したことは。（齋藤義龍は父道三を殺し、明智光秀は君主織田信長を殺した。）

我レハ是レ生涯窮理ノ人
権力名望竟《つい》ニ何ゾ関セン
一タビ城楼ニ登ッテ風雲ヲ望メバ
天地悉ク胸中ニ入リ来タル

私は生涯真理を探究する人間である。
権力や名望など全く眼中に無い。
ひとたび天守閣に登って風や雲を望むや、
天地はことごとく我が胸中に入って来る。

無心ノ天地、無心ノ人
千歳ノ盛事、今日ノ会
山霊谷神《さんれいこくしん》、為ニ歓喜シ
吹キ送ル、天下最先ノ秋

無心の天地と無心の人、私と。
両者が今日出会ったことは、千年来のすばらしい出来事だ。
金華山の霊も長良川渓谷の神も大いにこれを喜び、
天下で最も早い秋を、風に載せて私に吹き送ってくれる。

（昭四九・九・一二）

復元名古屋城ニ遊ビ、灰燼《かいじん》ノ往時ヲ思フ

一九七七年四月四日、妻子ヲ携ヘテ名古屋城ヲ訪ヌ。時ニ桜花斉シク発キ、青天雲無ク、行客蝟集《いしゅう》セリ。乃《すなわ》チ敗戦後程無キ日、山村良彦ト此ノ地ヲ訪ヒ、空襲ニ因リテ灰燼ニ帰セル天守閣跡ニ立テルヲ思ヒ、愴然トシテ感《かん》有リ。

軍《いくさ》敗レ還リ来ヌ、灰燼ノ郷
友ト（与）先ヅ登ル、廃墟ノ城
八月ノ太陽、爛石ヲ熬《い》リ
劫餘《ごうよ》ノ松梢《しょうしょう》、蝉声《せんせい》ヲ灑《そそ》グ

敗戦で軍隊が解散して、灰と燃えがらになった故郷に還って来た。
友人と真っ先に廃墟と化した城に登った。
八月の太陽が焼けただれた石垣を、さらに熬るように照りつけ、
辛うじて劫火を免れた松の梢から、蝉《せみ》の声が降り注いでいた。

牆上《しょうじょう》遥カニ望メドモ人ヲ見ズ（不）
当時ノ碧天、何許《いかばかり》カ青カリシ
君ハ十七、我レハ十八
饑《う》エヲ抱クハ豈ニ啻《た》ダ身ノ餓《う》ウルガ為ノミナランヤ

石垣の上から遥かに焼け果てた名古屋市街を一望したが、人の姿が見えない。

当時の紺碧の空は、どれほど青かったことか。

君（友人）は十七歳、私は十八歳。

ひもじさを感じたのは、どうしてただ体が饑えていたからだけだったろうか（心も餓えていたのだ）。

済民《さいみん》ノ理想、億兆ヲ殺シ
文明崩ルル所、山河無シ
金鯱《きんこ》熔ケ落ツ刧火ノ中
千年ノ名城化シテ灰ト作《な》ル

日本の指導者らが唱えた「アジアの民を欧米帝国主義の支配から解放して各々その処を得しめる」という理想が、億兆の人々を戦火の中で殺した。
文明の巣窟《そうくつ》である都会がひとたび戦火によって崩壊し去る時には、ただ一望の灰燼を遺して山河も留めない。（天守閣跡から眺めた当時の名古屋市は、焼け爛れた鉄骨のビル数個を留めて、瓦礫の山が伊勢湾岸まで続いていた。）
名古屋城名物の金のしゃちほこは刧火の中に熔け落ち、
古今の名城は灰と化してしまった。

青春の幻想、音ヲ挙《た》テテ崩レ
乃《すなわ》チ覚《さと》ル、世界ハ土ト（与）灰トナルヲ
尓来《じらい》胸中ニ土灰ヲ以テ
築カント欲ス、真理不壊《ふえ》ノ城

私の心中で青春の幻想は音を立てて崩れ去り、
そこで覚ったのだ、城だの文化財だのというものは人間理性が作り出したフィクションであって、本物の世界、真の実在ではない。本物の世界＝真実在はあの時見て掴《つか》んだ土と灰、土と灰を眼で見、手で掴むという事実それ自身であるということを。
以来私はその土と灰＝真実在をそのまま用いて、
絶対に壊しえない真理の城を築こうと志して来た。

星遷《うつ》リ物換《か》ワレドモ思ヒハ変ハラズ（不）
但《た》ダ驚ク、白頭ノ妻子ヲ携《たずさ》フルニ
世俗ノ易変《えきへん》、況《いわ》ンヤ滄桑《そうそう》
五層ノ鉄骨、昔夢蘇《よみがえ》ル

歳月は流れ文物は入れ換わったが、思いは変わらない。ただ驚くことは、あの時十八歳の少年だった自分が今や白髪の年寄りになって妻子を連れているのに。まして世俗の移り変わりは、滄海が変じて桑田となる譬えの如くだ。

鉄筋コンクリート五階建ての名古屋城天守閣を眼前にして、昔の幻想がよみがえって来る。

白壁今照ル、桜花ノ上
金鯱旧ニ倍シテ旭日ニ輝ク
行客偏《ひと》エニ讃《たた》フ、太平ノ春
誰カ思ハン、此ノ翁ハ景外ノ人ナリト

真っ白な城の壁が爛漫たる桜花の上に照り輝き、金の鯱鉾は焼失以前に増して朝日に光り輝いている。観光客はひたすら太平の春を謳歌しているが、その中の誰が思おうか、このおやじ（私）は景色の外の人間であると。

景外ニ在ッテ景中ノ景ヲ見レバ
古《いにし》へ自《よ》リ曾《かつ》テ名城在ラズ（不）
燦然《さんぜん》タル金鯱、是レ何者ゾ
城ハ太陽ガ土灰ヲ熬ルニ在リ

景色の外に在って景色の中の人が見ている景色を見ると、
古来一度たりと名古屋城が存在したことは無い。
燦然と輝く金のしゃちほこは一体何者なのだ。
真実の城は、灼熱《しゃくねつ》の太陽が土と灰を熬りつけているあの事実にこそ在るのだ。

（昭五二・四・四）

新潟市の四季

新潟大学に招聘されて初めて新潟市を訪れ、法学科の
諸先生に新潟大学人文学部棟の屋上に導かれ、佐渡島
を遠望したときに詠んだ詩

佐渡ハ霞ニ入ッテ落日紅シ
海風萬里高樓ニ至ル
幼時夢裡此ノ島ニ住ス
霜鬢今還ル一衰鷗

海島ノ落日学舎ヲ染メ
遠山ノ暮雪寒風ニ対ス
老妻影ノ如ク斯《こ》ノ身ニ添フ
恩愛何ノ意ゾ倶《とも》ニ此《ここ》ニ至レル

（昭四八・二・一二）

水族館ニ遊ブ（八首）

其ノ一　肺魚

肺魚幾劫ヲ経
幾タビ天地ノ変ハルヲ見タル
一朝拘束ヲ被ルモ
悠々トシテ自由ナルガ如シ
水満タバ宜シク出デテ遊ブベク
水枯ルレバ入リテ泥ヲ繭《まゆ》トスベシ
泥スラ尚衣衾《いきん》ト為ル
況《いわ》ンヤ槽明ラカニ水清キヲヤ

我今流謫《たく》ニ遭フ
倖《さいわい》識明ラカニ身清シ
学バント欲ス　青白眼モテ
具《つぶ》サニ槽外ノ人ヲ視ルコトヲ

其ノ二　鰐《わに》

猛魚撐拄《とうちゅう》ス　方尺《せき》ノ間
肉ヲ争ッテ跳躍スルコト電光ノ如シ
他ヲ踏ミ横ヨリ奪ヒ残渣《ざんし》ニ群ガル
肉若シ足ラザ（不）レバ互ヒニ相食《は》マン

憐ムヲ休《や》メヨ　此ノ魚綱常無シト
都人道途ニ日ニ利ヲ争フ
人車雑鬧《とう》槽中ヨリ激シク
朋友凌軋《りょうれき》鰐魚ヨリ猛ナリ
一旦職ヲ失ヘバ肉来ラズ（不）
强ノ弱ヨリ奪フハ正シク弱ノ掠《かす》ムルハ罪
人ヨリ奪ッテ足ラズ（不）自然ヨリ奪ヒ
物華ヲ暴盡シテ悪疾ヲ蔓《はびこ》ラシム

鰐魚住淨ク食已《すで》ニ足ル
却ッテ人ヲ労シテ飯帚《はんそう》ヲ供サ使《し》ムルハ
恰モ似タリ　富貴ノ人民ヲ役スルニ

其ノ三　海驢《あしか》

沒泳颯爽トシテ浪濤《ろうとう》起コリ
跳躍撥剌《はつらつ》トシテ波瀾湧ク
匍匐《ほふく》滑走立チ又臥ス
飼人海獣心手ノ如シ
海驢魚ヲ獲ル一ツニ何ゾ労ナル
多藝却ッテ羨ム他ノ水族ヲ

先生家貧シキハ学深キニ因ル
学ハ真ニ鬻《ひさ》ギ難ク孔丘モ苦シム
同病憐レマント欲シテ海驢ヲ窺《うかが》ヘバ
藝陳シ自得シ揚々トシテ入ル
玆《ここ》ニ知ンヌ　我ガ貧ハ学深キニ非ザルヲ
馴《じゅん》致サレテ世ニ合ヘバ学モ鬻《ひさ》ギ易シ

世上ノ顯学一ツニ何ゾ労ナル

其ノ四　大山椒魚

深山幽渓ノ底
能ク此ノ怪魚ヲ棲マシム
誤ッテ槽中ニ在ラシ（使）ムルモ
湍瀨《たんらい》　心耳ニ響ク

其ノ五　鰈《かれい》

群魚回遊シ去ル
後ルルヲ恐レ又魁《さきがけ》ヲ争フニ
臥シテ底土ニ紛レント冀《ねが》フハ
豈ニ知徳ニ非ズト言ハンヤ
眼ヲ動カシテ外ヲ窺《うかが》フガ如キハ
聊《いささ》カ世ヲ拗《す》ネル者ニ似タリ

其ノ六　高足蟹

水中巨人立ツ
静黙シテ波ニ抗ハズ（不）
夫子ノ舞《ぶ》雩《う》ニ風スルカ（注1）
飄然トシテ宇宙ヨリ来タレルカ

（注1）論語巻六先進十一に次のような話がある。孔子が弟子たちにそれぞれの志を述べさせたとき、最後に曾晳が、「暮春には春着が既に整うと、五、六人の青年と六、七人の少年を伴れて沂《き》水で湯浴みし雨乞いで舞う台の辺で風に涼み唱いながら帰りましょう」と言ったのに、孔子が感歎して、「私は点（曾晳の名）に賛成だ」と言った。

其ノ七　食牛魚《ピラニア》

下唇突出シテ厚キハ
西京美女ノ相
男ヲ蕩スルニ骨ヲ舐《しゃぶ》ッテ已《や》ム
仁ナル乎　肉ヲ食フ魚

其ノ八　鯛

淡紅透露ニシテ淨ク
遊グニ随ッテ幽光ヲ発ス
当《まさ》ニ水中ニ在ッテ見ルベシ
手ニ取ラバ夢ノ如ク消エン

（昭四八・五・二～三）

春夜

松花齊《ひと》シク発《ひら》ク春
幽粉風ニ零《こぼ》ルル晩《ゆう》べ
草堂人来タラズ（不）
朧月空庭ヲ照ラス

（昭四八・五・三～四）

海濱《かいひん》ノ防風林

森ハ曲梢ヲ絡マセテ深ク
徑《こみち》ハ鳥声ニ随ッテ転ズ
松毬碧草ニ疎《まだら》ニ
黄花翠梢ニ遍《あまね》シ
下ニ困学ノ翁在リ
幽尋シテ歸ル期無シ
海風萬物ヲ老イシムルモ
獨リ此ノ森ニ到ラズ（不）

（昭四八・五・五）

春夜

春月軒前ニ上リ
空明松影黒シ
暈環《うんかん》(注1)　雨ノ近キヲ告ゲ
千蛙戸《こ》ヲ繞ッテ啼ク

（注1）月のかさ（暈）

（昭四八・五・一五）

新潟大学屋上ニ登ル

東天一色霞ニ入ッテ幽《ふか》ク
無限ノ平圃、秧《なえ》白ク波ダツ
風ハ浪声《ろうせい》ヲ運ンデ海、荒《こう》ニ入リ
半バ落日ヲ含ンデ大島横タハル

東の空は一色の霞に包まれて幽玄。
無限の平らな田には稲の苗が育って風の吹くにつれ白く波立っている。
風は海の浪の音をこの屋上まで運んで海は正に荒れようとし、
半分落日を含んで大きな島佐渡が横たわっている。

日蓮ノ偏舟去ッテ千年
夕陽《せき》再ビ照ラス　不羈《ふき》ノ客
微軀秘カニ包ム銀河ノ才
自ラ孤高ヲ負ウテ北陲《ほくすい》ニ隕《お》ツ

日蓮聖人を載せた小舟が佐渡を去って千年の後、
夕日は再び聖人と同じように自由奔放で常識外れの旅人（作者）を照らす。
彼は小さな軀にひそかに銀河の如き大きな才能を包み、
孤高と自負して北の果てに流落した。

今宵《こよい》大学ノ最高楼
天楽《がく》吹キ銷《しょう》ス　不遇ノ懐《おも》ヒ
残照ノ霓衣《げいい》　波ニ入ッテ去リ
星河初メテ光リ人ニ向カッテ語ル

今宵大学の最高楼上、
天の音楽（風の声）が不遇の思いを吹き消す。
夕焼けの虹の衣が波に入って去ると、
天の河が光り初め人に向かって話しかける。

天都再會　知ル何レノ日ゾ
夢魂夜々君ニ向カッテ飛ブ
海山空野盟契ノ晩
月中ノ桂子《けいし》　我ガ襟ニ落ツ

天の都で（私が死んで）再びあなたと会えるのはいつの日か知らないが、
私の夢見る魂は夜毎にあなたに向かって空を飛んで行くよ。
海と山と空と野（新潟平野）が契《ちぎ》りを結び盟約を結んでいるようなこの夜、
月の世界に生えていると言う桂（もくせい）の実が私の襟に落ちて来る（そのように月光が雫《しずく》のように注ぎかかる）。

（昭四八・五・一七～一八）

新潟中山郊外初夏散策

寒気昨夜海ヲ渡ッテ来タリ
直チニ北越ヲ浸シテ山野ニ満ツ
雲破レテ所々ニ青色ヲ逗《も》ラシ
東嶺清ク澄ンデ天際ニ連ナル
春水田ニ漲《みなぎ》ッテ秧《なえ》尖纖《せんせん》
新緑邑《むら》ヲ隠シテ枝亭々
村民三五屯《たむろ》シテ苗《なえ》ヲ分カチ
桃源午後鶏犬啼ク

遥カニ見ル　工場ノ白煙ヲ噴クヲ
屡《しばしば》認ム　田ヲ埋メテ宅地ニ変ズルヲ
父祖千年此ノ田ヲ培《つちか》フ
一寸ノ泥土　萬斗ノ涙
砂礫忽チ埋メテ百事空シ
瀟洒《しょうしゃ》タル彩屋　心ヲ傷マシメテ新タナリ

年々春衰エテ我モ又老イ
山河膏《こう》ヲ減ジテ當路肥ユ
疑フラクハ君《きみ》　百年病死《へいし》ノ後
腐骨埋ムルヲ容《い》ルルハ何レノ青山

年々春の自然が衰弱して私もまた老いてゆく。それと併行して山河も豊かさを減らす一方、政治経済の重要な地位に在る人たちはますます豊かになって行く。

その人たちよ。あなた方が百年後に病死しても、あなた方の腐った骨を、いったいどこの青々と草木の繁茂した山が埋めるのを許してくれるのだろうか。そんな青山はその頃どこにもない。

（昭四八・五・二三）

古町《ふるまち》少年行

古町陌《はく》上ノ女
十九未ダ婚ヲ成サズ
豊胸　東風ニ誇リ
高臀《こうでん》　青塵ニ揺ラグ
腿《もも》白ク短裳翻リ
歯明ラカニ紅脣開ク
友ト期ス　飾窓ノ下
流目満街春ナリ

古町の街頭の女、
十九歳で未婚。
豊かな胸は春風に誇らしげ。
高いお尻は春の塵にゆらゆら。
ミニ・スカートが翻って腿はまっ白。
にっこり笑うと綺麗な歯がこぼれる。
友だちと時間を決めて約束したショウ・ウインドウの下。
流し目すれば街中《まちじゅう》春の色。

誰《た》ガ家ノ遊冶郎《ゆうやろう》ゾ
遊学シテ日ニ遊蕩ス
燕ハ長身ヲ掠メテ飛ビ
風ハ細腰ニ纏ウテ吹ク
来タッテ約期ノ女《ひと》ヲ覓《もと》メ
忽チ蜂腰ヲ抱イテ去ル
若《も》シ行迹《こうせき》ヲ知ラント欲セバ
飾窓　人形ニ問ヘ

どこの御大家《ごたいけ》のお坊っちゃんだろう。
新潟の大学に遊学して日々遊び呆けている。
燕は長身の彼の頭上を掠めて飛び、
風は彼のスマートな腰にまつわりつくように吹く。
やって来て時間の約束をした女を探し、
すぐに彼女のくびれた腰を抱いて去った。
もし行き先を知りたければ、
ショウ・ウインドウの人形に尋ねなさい。

（昭四八・六・一四）

草堂夏月

明月草堂ニ入リ
還《ま》タ濡レ縁ノ上ヲ照ラス
夜深クシテ白露下《くだ》ル
寐《い》ネズ風鈴ヲ聴ク

（昭四八・七・一五）

秋　家ニ還ル

放浪月餘茅屋ニ還レバ
草ハ門前ヲ埋メ花《はな》　潰《かい》ニ就ク
風物去リ去ル　人心ニ似タリ
今夕絡緯《らくい》（注1）　壁中ニ啼ク

壁中ノ絡緯　誰ガ為ニカ啼ク
唯秋ノ爲ノミニシテ妻ヲ恋フルガ為ナラズ（不）
人生問フ勿カレ　何事ノ意
君ヲ聴イテ一夜　鬢《びん》霜ヲ作《な》ス

（注1）こほろぎ

（昭四八・八・二五）

新潟中山郊外秋暁散策

拂暁門ヲ出デテ田園ヲ歩ム
弦月我ニ従ッテ樹梢ヲ渡ル
雲ハ天際ニ起コッテ曙光動キ
電光中ニ閃《ひらめ》イテ邑《むら》尚眠ル

（昭四八・九・二四）

十月妻ト（与）晴天ノ日和山《ひよりやま》海岸ニ遊ブ

秋、妻ト（与）歩ム海浜ノ丘
潮《うしお》ハ脚下ニ低ク又霄《そら》ニ連ナル
共ニ初老ヲ迎ヘテ更ニ何ヲカ語ラン
気清ク日暖カニ白砂柔ラカナリ

蒼海風無ク波《なみ》　皺《しわ》ノ如シ
突堤陽《ひ》ニ光ル三五ノ竿
極目雲絶エテ只靄《もや》ヲ餘シ
佐渡ハ幻ニ似テ天際ニ静カナリ

清風伝ヘズ（不）両人ノ思ヒ
並ンデ丘草ニ坐シテ黙シテ北ヲ望ム
靄紫ニ濤《なみくろず》黝ンデ東天暗シ
日ハ銀鏡ヲ揺《うご》カシテ西海ニ低《た》ル

（昭四八・一〇・一六）

新潟初雹《はつひょう》

北陸ノ海気　韃靼《シベリア》ニ連ナリ
新潟十月天已《すで》ニ冬ナリ
氷雲落日空色《くうしょく》凄ク
夜ニ入ッテ強風冷雨ヲ混フ
老妻頻リニ煩フ灯油ノ貴《たか》キヲ
当路策無ク吾ガ翁《おう》窮ス
此ノ時寒燈更ニ光ヲ滅ズ
俄カニ千弾ノ齊射スルニ似タル有リ
鈑屋轟鳴《ごうめい》シテ驚イテ扉《と》ヲ開《あ》クレバ
霰雹《せんぼく》縁ニ跳ネテ乱レテ戶《いえ》ニ入ル

（昭四八・一〇・二五）

萬代橋《ばんだい》雪後

濁流萬里滾々《こんこん》トシテ来タリ
半バ潮水ニ混ジテ波　船ヲ蕩《うご》カス
萬代橋欄《きょうらん》　昨日ノ雪
日本海上　今朝ノ雲

（昭四八・一一・二〇）

新潟大学人文学部棟屋上ニ登ル

樓上風無ク天地静カナリ
身ハ漂フ玲瓏碧光ノ裡《うち》
鴻群日ニ輝イテ眼前ヲ渡リ
看《かん》ハ盡ク西南落暉《らくき》ノ中

（昭四八・一一・二四）

究理《キューリー》婦人伝ヲ読ム

亡国喪親ノ女
勉学スルハ憂ヘヲ忘レンガ為ナリ
相勵《はげ》マシテ功初メテ成リシニ
勿焉トシテ良人死ス

栄位　再嫁ヲ妨ゲ
受賞困学ヲ強フ
大名《たいめい》　宇宙ヲ蓋《おお》ヒ
空閨　孤影老ユ

惨衰ス　臨終ノ床
骨ハ爛ス　放射能
究理　世ヲ益スト言フモ
原爆之《これ》ニ因ッテ生マル

朝来北越ノ雪
森《しん》々トシテ我ガ庭ニ積ム
問ヒ難シ人生ノ意
巻ヲ閉ヂテ空シク惆悵《ちゅうちょう》ス

（昭四九・二・六）

角海浜《かくみ》ノ廃村ヲ訪ヌ。近年原子力発電所ヲ此ノ地ニ築ク計画有リ。村民多ク家ヲ捨ツ。屋《おく》尚壊《やぶ》レズ。春花庭ニ満チテ訪客ノ傷心ヲ増ス

文明ノ犠羊《ぎよう》　叢竹ノ邑《むら》
廃屋寂寞トシテ紅椿《こうちん》散ル
貨車《トラック》埃《ほこり》ヲ揚ゲテ終日行キ
海青ク山緑ニ人ヲ愁殺ス

（追記）その後建設計画は巻町住民の反対投票により否決された。巻町は現在新潟市に編入されている。

（昭四九・五・八）

中山弊廬ノ梅雨ニ堀部安兵衛武庸《たけつね》ヲ憶フ

武庸ノ舊里　中山ノ廬（注1）
梅雨蕭瑟《しょうしつ》トシテ紫薇《しび》（注2）傲ル
節士何ゾ期セン　後世ノ名
半生ノ著述　青黴《かび》ヲ生ズ

武庸国ヲ去ッテ二タビ讐ヲ報ジ
此ノ翁仇ヲ遁レテ流レテ此《ここ》ニ至ル
夭死老残共ニ異郷
梅雨葉ヲ叩イテ花《はな》　泥ニ散ル

（注1）武庸の出身地中山村は新潟市中の我が家とは地を異にするが、名を同じくする所から連想した詩。
（注2）あじさい

（昭四九・七・四）

鳥屋野潟《とやのがた》晩秋暮景

誰カ紅葉《こうよう》ヲ以テ秋ノ徴《しるし》ト為セル
白鳥影ヲ映ストキ秋　湖《うみ》ニ満ツ
蘆荻戦《ろてきそよ》ガズ（不）　波起コラズ（不）
夕陽無限水ト（与）空ト

突堤高ク揚ガル二三ノ竿
人ハ影絵《かげえ》ニ似テ夕照ニ佇《たたず》ム
瀲灩《れんえん》タル水光ハ遊心ヲ停《とど》メ
相呼ブ鳥声ハ帰心ヲ揺《うご》カス

中州《なかす》水深ク蘆葉疎《まばら》ナリ
不吉ノ暮色　東方ヨリ来タル
白鳥今宵何レノ潟《かた》ニカ泊セン
影ト（与）両《ふた》ツナガラ湖面ヲ渡ッテ翔《と》ブ

西天西水一色ノ霞
落日合セント欲ス　水中ノ影ト
沼湖今夜　秋将《まさ》ニ謝《ゆ》カントシテ
蘆荻《ろてき》繁キ辺《あた》リ白鳥鳴ク

（昭四九・一一・六）

鳥屋野苑（注1）ノ廃園ニ遊ブ

鳥屋野湖辺　蘆汀《ろてい》ノ陰
幽徑桜ハ導ク無人ノ館
風ハ叢竹ニ潜ンデ行客ヲ襲ヒ
鳥ハ屋端ニ鳴イテ人目ヲ惹《ひ》ク

天地　私《わたくし》無ク春先《ま》ヅ還ル
廃園寂莫トシテ黄花《こうか》盛リナリ
池中泥動イテ蝌蚪《かと》（注2）走ル
嘗テハ是レ佳人ノ影ヲ映セシ所

中東ノ戦雲（注3）栄華ヲ払ヒ
弦歌紅燈一朝ニ罷《や》ム
草ニ坐シ天ヲ仰ゲバ今古《きんこ》同ジ
文明崩ルルノ日　知ル遠カラズ（不）

帰来風ハ冷シ桜堤ノ上
哲人憂ヘテ見ル　湖面ノ光

（注1）鳥屋野潟南東岸のホテル。当時業を廃す。
（注2）おたまじゃくし
（注3）当時中東戦争が勃発して、石油価格の高騰により世界と共に日本経済が混乱して先行きが全く見えなくなった。

（昭五〇・四・一八）

休日桜花満開ノ鳥屋野湖畔ニ遊ブ

奥羽《おうう》連山氷雪ヲ剰《あま》シ
湖畔ノ天地春粧完《まった》シ
二山(注1)眉ノ如ク　雲粉《ふん》ヲ刷《は》キ
神女帯ヲ解ク　長堤ノ桜
花ニ遺香ヲ留メテ玉體《ぎょくたい》ヲ洗フ
春風吹キ起コス湖上ノ波

（注1）角田《かくだ》山と弥彦《やひこ》山

（昭五〇・四・二〇）

休日鳥屋野湖畔桜開クコト十分。行客蝟集《いしゅう》シテ袖ヲ連ネ車ヲ連ネ舟ヲ連ヌ。之ヲ見テ感有リ。

花中神ハ驚ク人車ノ響キ
湖底龍ハ怯《おび》ユ舟底ノ影
独リ酔客ノ花ト関セザ（不）ル有リ
萬朶《ばんだ》日ヲ覆《おお》ッテ樹下ニ眠ル

（昭五〇・四・二〇）

十一月十八日妻ト鳥屋野湖畔ニ遊ブ。時ニ日没シ月出ヅ。

湖畔将《まさ》ニ暮レントシテ秋　更ニ哀《かな》シ
況ンヤ衰病ヲ將《もっ》テ異郷ニ老ユルヲヤ
汀際蘆枯レテ我ガ生ニ比シ
長堤道遠クシテ妻ヲ杖ト為ス

雲ハ落日ヲ籠メテ天色暗ク
蘆ハ白鳥ヲ繋イデ水光遥カナリ
平湖圓天西半紅《くれない》ニ
月魄《げっぱく》昇ラント欲シテ東方青シ

湖上風休《や》ンデ水　油ノ如シ
二山(注1)靄《もや》ヲ隔テテ夕照ニ立ツ
闇ハ蘆汀《ろてい》ニ湧イテ湖面ヲ這《は》ヒ
白鳥独リ浮カブ薄光ノ裡《うち》

西水一色残照ヲ映シ
白鳥ノ声ハ悲シク湖面ヲ渡ル
東水月ヲ生ンデ影《かげ》揺動
一行ノ雁群月ヲ指シテ飛ブ

弁天橋(注2)　畔泥土深シ
水鳥脚《みずとりあし》重ク渚《なぎさ》ヲ渉《わた》ッテ行ク
冬ハ近シ北越鏡湖《きょうこ》ノ潟《かた》
月ハ昇ル奥羽雪嶺ノ上

（注1）新潟市から西南方に在る角田《かくだ》、弥彦《やひこ》の二山
（注2）鳥屋野潟東岸の湖がやや狭まった所に架けた橋の名

（昭五〇・一一・一八）

新潟市雪中

陰々タル降雪新潟ヲ圧シ
一市悉ク掌中ノ卵ニ似タリ（注1）
人ハ黙々トシテ脚下ヲ諦《たしか》メテ歩ミ
車ハ粛々トシテ路面ヲ窺《うかが》ッテ進ム

天色鉛ノ如ク鉄屋ヲ覆ヒ
電燈晝《ひる》点ジテ窓　絢爛《けんらん》
満街ノ飛雪　華麗ノ舞
飄風渦《うず》ヲ巻イテ一段豪ナリ

（注1）卵が人の掌中にスッポリと入って、今にも握り潰されんとするに似たり。

（昭五一・一・一九）

八月八日戸《こ》ニ当タッテ五色雲《ごしきうん》ノ横タワルヲ見ル

妻子切《しき》リニ喚ブ異常ノ虹アリト
出デテ東南ヲ望メバ慶雲横タワル
七彩鮮麗　虹ヨリモ（於）明ラカニ
一条爛々天ヲ渡ッテ長シ

四十九年煩憂多ク
暗雲運《さだ》メノ如ク此ノ身ニ伴フ
秘《ひそ》カニ定ム今生ハ遠流《おんる》ノ國ナリト
瑞雲《ずいうん》何ノ意ゾ　初メテ我ヲ照ラセル

嘗テ聞ク　瑞雲天楽ヲ伴フト
天下久シク正声《せいせい》ノ音《おん》無ク
地上遍《あまね》ク鄭衛《ていえい》ノ曲有リ（注1）
我歌ハズ（不）シテ誰カ天楽ヲ歌ハン
苦吟《くぎん》固《もと》ヨリ髪ヲシテ愈《いよいよ》白カラ使《し》メ
正声本《も》ト生クルコトヲシテ益《ますます》難カラ令《し》ム
四十九年艱《かん》未ダ長カラズ
爛々タル慶雲我ガ道ヲ照ラス（注2）

少壮慮《はか》ラズ（不）才勇ヲ恃《たの》ム
才勇有ル無ク只運《ただうん》ニ因ル
運命測リ難ク数《すう》知リ難シ
慶雲散ジ去ッテ唯道ノミ有リ

大いなる五色の雲の導ける
　わが行く道は遥けく遠し
大空のまほろに五色雲《くも》の消えし後《あと》
　わが行く道の独《ひと》り残れる

（注1）淫靡なる曲。孔子が鄭の音楽を悪《にく》んだことは、論語巻八衛霊公十五、巻九陽貨十七に見ゆ。衛では、父子が君主たらんとして争ったことは、巻四、述而七に見ゆ。
（注2）我れ天楽を尋ね正声を苦吟するに因り苦難既に五十年なるも、天なおこれを以て足れりと為さず。爛々たる慶雲を差し向けて更に正声を苦吟する道を照らし示す。

（昭五一・八・一〇）

雪中狸穴《まみあな》ヲ憶フ、老狸ニ代ワル（注1）

氷柱《つらら》ハ窓ヲ鎖シ　雪棟《ゆき》ヲ埋ヅム
狸穴奥深ク是レ我ガ家
老狸ハ寐ネズ（不）　雪ノ降ル夜
輾転只憶フ　仔狸ノ末

夜ヲ徹スル粉霏　時ニ暫ク休《や》ムモ
猶ヲ雨戸ヲ叩イテ風声語ル
怪シイカナ常ニハ似ズ（不）　吹雪《ふぶき》ノ晩
心自《おのずか》ラ相寄ル小炬燵《こたつ》

（注1）高木はな媼より寄せられし和歌「みをつけのたぎる気配す狸穴の軒端の雪は二尺超えたり」への返歌の翻案。その返歌は「雪に埋もれ太きつららに鎖されし　狸穴の奥ぞ我が棲家なる」「狸穴に雪の降る夜は仔狸の行く末ばかり思いやらるる」「夜を籠めて降る粉雪の絶え間にも　雨戸を叩き風の声する」「いつになく人の心の寄り添ひて　炬燵小さき吹雪の夜かな」媼には孫三人あり。一子は家を出でて消息なし。

（昭五一・一・二三）

萬代橋自《よ》リ雪後ノ新潟港ヲ望ム

信越ノ猛雪　両旬ヲ連ネ
流雪半バ覆フ信濃川
今朝雪霽《は》レテ萬象蘇リ
動キ出ヅ　汽船ト（与）流雪ト

（昭五一・一・二四）

北越猛雪ノ曲（注1）

霹靂《へきれき》天ニ裹イテ鳴リ了ラザ（不）ルニ
霰雹《せんぽく》　雷《らい》ノ如ク屋《おく》ヲ撃ッテ来タル
韃靼《シベリア》全天ノ雲ヲ移シ来タッテ
埋メ盡クス北越十重ノ雪

（注1）沢登久子が雪を詠める和歌連作「いかづちのとどろきわたりつかのまに　あられふりいづやねもとどろに」「シベリアの空を移して降る雪は　越《こし》の野山を十重《とへ》に埋めつつ」の翻案。

雪朝（注1）

氷柱軒ヨリ下ル恐龍ノ牙
雪晨《せっしん》清淨トシテ太古ニ似タリ
雲破レ皎潔《きょうけつ》トシテ萬象光ル
如何ゾ　南国青天ノ輝キ

（注1）沢登久子が雪を詠める和歌連作「恐龍の牙の如くにつらら下がり　太古に似たる朝ぼらけかな」「雪朝の輝く白に憶ひ出づ　南国の空の青と光を」の翻案。

（昭五一・一・二八）

深更新潟大学ヲ辞ス。此ノ数日昼夜降雪已《や》マズ。

越天ノ風雪　昼《ひる》　夜《よる》ノ如ク
満目ノ皎粧《きょうしょう》（注1）　夜　昼ノ如シ
霏々トシテ（兮）降リ　昏々トシテ積ミ
朝雪既ニ暮雪ノ底ト為ル

老学又古《ふ》ル　積書ノ底
老眼更ニ眇《かす》ム　蠅《よう》頭ノ字（注2）
学舎人絶エテ何ゾ刻苦スル
風雪ヲ聞カズ爐火ヲ聴ク（注3）

更《ふ》ケテ大学ヲ辞スレバ荒海ニ近シ
天闊《ひろ》ク丘高ク（注4）白夜《びゃくや》ニ似タリ
飄風声無ク煙ヲ挙ゲテ来タリ
飛雪颯《さつ》々傘《かさ》ニ衝《あた》ッテ鳴ル

（注1）真白な雪化粧。
（注2）はえの頭ほどの小さい字。
（注3）濛々たる粉雪は強風の声を吸収して静寂ならしむるにより、ただガスストーブの音のしんしんたるを聴くのみ。
（注4）新潟大学は日本海に臨む五十嵐《いからし》浜の大砂丘上に在りて、日本海と越後平野とを俯観す。

（昭五二・二・一）

此ノ数日春嵐時ニ霰《あられ》ヲ含ンデ厲《はげ》シク、庭花落ツルコト夥《おびただ》シ。

北国ノ春光ハ悪女ニ似タリ
人ヲシテ應接ニ暇《いとま》有ラザ（不）ラ令《し》ム
梅桜桃椿《ばいおうとうちん》一時ニ発《ひら》キ
乍《たちま》チ清ク乍チ艶《えん》ニ又乍チ誇ル
况ンヤ更《ま》タ春嵐奔馬《ほんば》ノゴトク来タルヲヤ
霰《あられ》ハ腥風《せいふう》ニ乗ジテ花ヲ散ラシテ過グ
昨日麗容　庭樹ノ梢
今朝落英（注1）　春泥ノ上

（注1）落ちた花びら

（昭五二・四・二〇）

荻野通《おぎのどおり》所懐

新潟市荻野通ハ荻野久作ガ竹山病院ノ一傭ワレ医トシテ生涯ヲ送リシ所ナリ。其ノ名ヲ知ル者ト其ノ発明セシ荻野式受胎調節法トヲ知ラザル者、倶《とも》ニ甚ダ少シ。

先生豈ニ国手ニ過ギザ（不）ランヤ
名ハ世界ニ普ク　恩ハ人類
学界酬イズ（不）国賞セズ（不）
孤高　生涯一傭医

先生はどうして単に国手（一国を医する名医）程度の小名医に過ぎないであろうか。それどころではない。名は世界中に知れ渡り、恩は全人類に及んでいる。然るに日本の医学界は先生の恩に酬いようとせず、日本国家はその功績を表彰しようとせず、孤高にして生涯一傭われ医者として過ごした。

柳條幾タビ芽吹ク此ノ道ノ春
夜院幾タビ散ル此ノ窓ノ秋
真箇ノ英雄ハ市井《しせい》ニ在リ
倣ハント欲シテ忽チ恥ヅ　功業無キヲ

此ノ道（荻野通）に春が訪れる度毎に、柳の伸びやかに垂れた枝が何回芽吹くのを繰り返したのだろうか。此ノ家（荻野先生の旧宅）の窓辺に秋が訪れる度毎に、竹山病院の宿舎（先生は家族と共に死ぬまでこの寮に寄寓していた）の夜、幾回柳の葉が散るのを繰り返したのだろうか。

本物の英雄は要人の棲む場所ではなく、民衆の住む街《まち》中《なか》に隠れている。

先生を見倣って市井の英雄になろうと考えたが、「待てよ、自分には先生のような世を救う成果など全く無い」と気付いて恥ずかしくなった。

（昭五二・九・一六）

新潟大学教職員組合ノ需《もと》メニ応ジ、組合新聞午ノ歳新
年号掲載ノ「雪中馬術障碍飛越の写真」ニ題ス

颯々雪ヲ巻クハ馬耶《か》風カ
一閃ノ紫電蒼穹《そうきゅう》ヲ斬ル
人馬団結意気豪ナリ
萬障ヲ飛却シテ当《まさ》ニ虹ヲ攫《つか》ムベシ

（昭五三・一・一〇）

歳暮夜草堂ニ坐ス

道ヲ好ミ人ヲ避ケテ寂莫ヲ慕フ
卻ッテ知ル風物ノ言語多キヲ
草堂此ノ夜孤独ナリ難シ
月光樹影窓ニ入リ来タル

（昭五六・一二・二八）

松海浦風雪（注1）

残躯埋ムルニ宜《よろ》シ北海ノ浜《ひん》
日夜風運ンデ砂応《まさ》ニ厚カルベシ
独リ汀上ニ立ッテ天際ヲ望メバ
浪ハ佐渡ニ湧キ雪ハ浪ニ湧ク

（注1）此の歳の十月、新潟市松海が丘に古家を購めて転居す。海に近し。故にその浜を松海が浦と記す。

（昭六一・一二・二五）

新潟の海

新潟海浜公園沙汀ニ立ッテ日本海ノ落日ヲ観ル

碧緑低昂《ていごう》鹹風《かんぷう》急ナリ
波ハ海妖ノ白頭ヲ振ルニ似タリ
群鴎飛鳴シテ空中ヲ流レ
孤檣浮沈シテ落日ニ向カフ

時ニ新婚ノ男女我ニ託スルニ写真器ヲ以テシ相並ンデ
海浜ニ立ツヲ撮《うつ》サ令《し》ム

波ハ砂丘ヲ蝕《おか》シテ去ッテ海ト作シ
風ハ漁舟ヲ吹イテ朽チテ塵ト化ス
汀上相依ル新婚ノ客
幾回ノ夕陽カ君ヲシテ老イ使《し》ム

（昭四八・四・二九）

海暮レ人去ル

東天蒼々トシテ西海銀ナリ
無人ノ沙汀　波　岸ヲ打ツ
風ハ客蹤《かくしょう》ヲ吹イテ埋メテ了《おわ》ラザ（不）ルニ
満月潮水消シテ跡無シ

（昭四八・五・一）

五十嵐《いからし》浜秋暮散策

日ハ佐渡ニ没シ月沙《すな》ニ升《のぼ》ル
雲飛ビ海暗ク波声哀《かな》シ
貝ヲ拾フ行客暫ク影ト戯レ
浜ニ坐スル棄舟永ク風ト語ル

（昭四八・一〇・九）

日本海秋懐

高秋独リ歩ム白砂ノ浜
水天果ツル辺リ佐渡浮カブ
暗涛《あんとう》山ノ如ク舟上下
魚龍底ニ避ケテ　波　牙ヲ立ツ

絢爛《けんらん》屍《しかばね》ハ横タワル汀《なぎさ》ニ散ル貝
飢寒声ハ悲シ瀑《しぶき》ニ濡ルル鴎
半生ノ苦学徒労ナリヤ否ヤ
海風吹キ老《ろう》ス遊子ノ心

（昭四八・一〇・一〇）

雪後ノ日本海ヲ観ル

海ハ豪雪ヲ呑ンデ鼎ノ沸クガ如ク
銀山乍《たちま》チ起コリ崩レテ又来タル
渾天墨ヲ流シテ雲　波ニ垂レ
西海光ヲ帯ビテ船　征キ苦シム

身ヲ氷風ニ委ネテ沙丘ニ立テバ
唯見ル漂流スル我レト（与）鴎ト
悲苦意《つい》ニ是レ一人《いちにん》ノ事
造物好《よ》シ為セ吾ガ生ヲ弄ブヲ

（昭四八・一一・二〇）

五月六日角田《かくだ》浜ニ遊ビ巉巌《ざんがん》ヲ攀《よ》ヂテ燈台ニ登ル。時ニ
天晴レ日暖ク風穏カニ海山明ラカナリ

一タビ燈台ニ登レバ漂泊ノ思ヒアリ
佐渡残雪白雲ヲ引ク
日蓮ノ大島良寛ノ山(注1)
海上百里　一扁舟

無人ノ燈台　無心ノ波
関セズ　千年青史ノ事
海風衣《ころも》ヲ吹イテ眸《ひとみ》　正《まさ》ニ碧《あお》ク
緑山脊ニ迫ッテ項《うなじ》応《まさ》ニ翠《みどり》ナルベシ

(注1)　良寛和尚隠棲セシ国上山《くがみやま》

(昭四九・五・八)

新潟港吹雪

林立スル危檣《きしょう》粉霏《ふんぴ》ニ眇《かす》ミ
舷ヲ接スル繋船濁流ニ揺《うご》ク
長堤烟ヲ挙ゲテ海　雲ニ迫リ
韃靼《シベリア》ハ風浪　佐渡ハ雪

(昭五〇・一二・二七)

正月八日五十嵐海岸ヲ歩ム

今生ノ流人《るにん》　天涯ノ客
正月何ゾ須《もち》ヒン家郷ニ還ルヲ
長汀一望人影絶エ
濁潮無辺　独往ノ道

大鯨《たいげい》海ニ横タワル　佐渡島
巨銛《せん》空ヲ裂ク　飄風ノ声
浩蕩《こうとう》タル波浪ハ天ニ接シテ昂《たか》ク
断続スル乱雲ハ海ヲ圧シテ迅《はや》シ

四十九年夢裡《むり》ニ似タリ
白頭空シク対ス百篇ノ文
与《とも》ニ語ル可キ無クンバ寧《むし》ロ黙シ行カン
北洋今朝《こんちょう》何ゾ多辯ナル

（昭五一・一・八）

新潟寄居浜海岸吹雪ノ幻想

太古海有リ未ダ陸有ラズ
後《のち》　陸《りく》　海ヲ侵シテ嫉《ねた》ミ堅ク凝《こ》ル
蒼海　底深キハ恨ミノ深キニ因ル
蒼海　底闇《くら》キハ憎シミノ厚キニ因ル

正月天ハ風雪ノ兵ヲ催シ
巨浪ヲ駆ッテ海ノ陸ヲ攻ムルヲ援《たす》ケシム
天魔ハ見エズ唯咆《ほ》ユルヲ聞キ
海妖ノ横陣　鉞《まさかり》ヲ挙ゲテ来タル

波頭雪ヲ噴《ふ》クハ海神ノ怒リ
断崖烟ヲ揚グルハ陸神ノ悶《もだ》ヘ
此ノ間何ゾ容《い》レン動植ノ生クルヲ
況《いわ》ンヤ一葦《ゐ》ノ身ヲ以テ物ニ感ズルヲヤ（注1）

氷雲団々トシテ日輪ヲ凍テシメ
漏光衰弱シテ纔《わず》カニ波ヲ耀《かが》ヤカス
砂丘脆《もろ》クモ潰《つい》エテ波ニ拉《らっ》シ去ラレ
巨鉞《えつ》直チニ絶壁ノ根ヲ截《き》ル（注2）

魔王鬨《とき》ヲ挙ゲテ造化敗レ
人ハ所ヲ失ッテ冥海《めいかい》ニ沈マント欲《す》
冥海底闇クシテ死人降《ふ》ル
想ヒ見ル　魚龍ノ我ガ屍《しかばね》ヲ食ラフヲ

是《ここ》ニ於テ夢ヨリ醒メテ風雪ヲ望メバ
天海無辺　波　雲ヲ浸《ひた》ス

（注1）「人間ハ考ヘル葦デアル」というパスカルの語を踏まえて尓《しか》言う。

（注2）寄居浜は、二〇年前には幅二〇〇メートルの砂丘を隔てて海に対す。今日砂丘既に無く、海波直ちに高さ数十メートルの崖脚を浸す。

（昭五一・一・二一）

六月二十三日快晴ノ五十嵐浜ト（与）松林トヲ歩ム

梅雨時ニ晴レテ海気清シ
佐渡霞ヲ出デテ紺碧（注1）ニ横タワル
日ニ燦《きら》メク数竿磯《かんいそ》黄濁（注2）
所々ノ白波《はくは》　舟苦艱

海辺《かいへん》ノ松林《しょうりん》　人知ラズ（不）
漏光苔ヲ照ラシテ黄金《こがね》ノ光
葉香静カニ流レテ幽情多ク
松毬《しょうきゅう》地ニ堕チテ寂寞深シ

（注1）紺碧の海上に。
（注2）磯に近き所の海水黄濁す。

（昭五一・六・二三）

新潟市定住後年賀状記載の詩

癸丑元旦所懐

元日事無ク躯ヲ揺《うご》カスニ懶《ものう》シ
老来頓《とみ》ニ感ズ浮世ハ徒ナリト
英賢ノ妙策ハ民ノ災禍
物華ヲ暴盡シテ妖狐ヲ出ダス

（昭四八・一・一）

乙卯元旦所懐

波浪遥カニ接ス韃靼《シベリア》ノ雲
全天ノ風雪両年ニ連ナル
人事悉《みな》是レ漂流ノ鷗《かもめ》
老病策《さく》無ク只当爐《とうろ》

（昭五〇・一・一）

丁巳元旦新潟市雪中

両年北越北極ニ連ナリ（注1）
雪ハ凍海ノ氷山ヲ削リ来タル
浪声風ニ乗ッテ全市ヲ渡リ
舟車通ゼズ（不）人事遠シ
酒ハ鍋中ニ煮エテ鰤《ぶり》正ニ腴《こ》ユ
却ッテ有リ懶翁《らんおう》（注2）ノ閑日月

（注1）丙辰の暮より北極寒気團シベリアを経て東南下し直ちに日本を侵す。
（注2）怠け者のおやじ。

（昭五二・一・一）

戊午元旦新潟平野雪無シ

越原千里黒土曠《ひろ》ク
遠巒《えんらん》日ニ輝ク雲外ノ雪
百年ノ苦寒歇《や》ム時有リ
一隊ノ白鴻《はくこう》碧空ヲ渡ル（注1）

（注1）新潟市郊外に在る広大な鳥屋野潟に避寒の為宿を借りる夥しい数の白鳥が、隊伍を組んで近くの山野を飛翔する姿は、屡《しばしば》見られる。

右の詩の和歌への翻案

とをみねのゆきをくもゐにとどめおきて
　こしののづらはくろくはるけし

しらとりのひとつらとをくあまわたり
　ももとせのさむさけふぞきえゆく

右の詩を押韻平仄が合うように改作してみました。

越原千里連南東
雪嶺天際圧朔風
百年苦寒有歇日
一隊白鴻渡碧空

口調は好いが詩趣は全く異なります。元旦なのに新潟大学屋上から見渡す限り雪が殆ど無い光景の珍しさを唱うのが、主眼だったのですが。

（昭五三・一・一）

己未元旦中山茅屋所懐

近年元旦興《きょう》ノ新タナル無シ
爐ニ当タリ紙ヲ展《の》ベテ慢ニ筆ヲ執ル
端硯(注1)恙《つつが》無クシテ主人老イ
陋《ろう》室花無クシテ墨気香ル

（注1）端渓水巌乾隆官作硯

（昭五四・一・一）

庚申元旦所懐

老来両《ふた》ツナガラ厭フ　人ト（与）寒ト
天為ニ憐レンデ雪ヲシテ降ラザ（不）ラ令《し》ム
元朝ノ微陽庭樹ニ暖カニ
世間倖《さいわ》ヒニ遺《わす》ル　廬中ノ翁
古碗茶ヲ點《た》テテ松風(注1)ヲ聴キ
故蹟窓ニ展《の》ベテ鳥跡(注2)ヲ看ル
昔人ノ精神骨ニ入ルガ為ニ
白眼一年一年多シ(注3)

（注1）茶の湯の煮える音と庭の松を渡る風の声とを重ぬ。
（注2）蒼頡《そうけつ》が鳥の跡（あしあと）を見て字を発明せし古事に基づき、書蹟の形に庭先を渡る鳥の姿を重ぬ。
（注3）七賢の一人阮籍《げんせき》が対客の賢愚により、賢者には青眼を以て接し愚者には白眼を以て接したという古事を踏まえる。

（昭五五・一・一）

辛酉元旦即事

歳晩腕ヲ疼《や》ンデ字ヲ成サズ
元朝懶惰《らんだ》蓬窓ニ倚ル
鳥ハ叢間ヲ渡ッテ雪ニ跡《あと》有リ
風ハ行雲ヲ送ッテ空ニ趾無シ
木枯レテ雪下花芽《かが》育シ
開クヲ夢ム満庭春光ノ裡《うち》(注1)
人老イテ廬中精神熟シ
縦遊《しょうゆう》ス形外無窮ノ事

（注1）立ち枯れの菊にまだ花の色が残っているのに、根元には既に緑の芽が伸びています。枯枝がこの芽を守り、来秋の花の栄えを約束するのです。見苦しいと枯枝を切り払うと、てきめんに来秋の菊はみすぼらしくなります。そのように、老人福祉は老人のためよりむしろ、未来の社会の真の豊かさのために在ると思います。

（昭五六・一・一）

甲子元旦所感

人間ノ是非ハ看破スルニ飽キ
天上ノ清浄ハ想見シ難シ
寂寥友トスルニ善シ　張子(注1)ノ居
風雪戸ヲ敲《たた》イテ毎晩訪フ

（注1）張子は張仲蔚《ちゅううつ》。陶淵明「詠貧士」に見ゆ。

（昭五九・一・一）

新タニ唐開元中開ク所ノ歙州《きゅうじゅう》眉子《びし》旧坑石硯ヲ獲《う》。

元旦雪窓ニ古歙ヲ撫《ぶ》ス
神遊ス（注1）萬里海波ノ上（注2）
千年ノ靈物我ト（与）宜シ
宜《うべ》ナル哉　世人ノ此ノ翁ヲ怪シムコト

（注1）神（こころ）は遊ぶ。
（注2）眉子紋《びしもん》の形容。

（昭六〇・一・一）

元旦所感

音もなく雪の降る夜は　世を避くる
身さへ淋しくなりまさるなり

（昭六一・一・一）

元旦所懐

初日さす梢に鳥の影見えて
越《こし》には奇《く》しき春のあけぼの

（昭六二・一・一）

夏の頃は佐渡に沈みし日が、歳の暮れんとするに、佐渡を遥か西南に外《そ》れて海に沈むを見て詠める

人住まふ島根を離れ
人住まぬ海に落ち行く
冬の陽《ひ》あはれ

（昭六三・一・一）

年の初めに

初日影させるやいづこ
吹雪舞ふ越の荒磯《ありそ》に
老い行く　我れは

（昭六四・一・一）

歳晩、帯状《たいじょう》疱疹《ほうしん》角膜ニ入リ痛苦劇《はげ》シキモ、反ッテ世ヲ遺《わす》レテ無形ニ遊ブノ暇《ひま》有リ

普陀《ふだ》(注1)ノ往還　無限却《ごう》
閻浮《えんぶ》(注2)ノ哀歓　幾兆回
眼傷《いた》ミ躯弊《つか》レテ時ニ帰ルヲ思フ
寂寥山中　花ニ埋モルル舎《いへ》ニ

（注1）普陀落《ふだらく》山の略。観音菩薩の霊場。
（注2）閻浮台《えんぶだい》の略。人間世界・現世。

（平二・一二・三〇）

故山の花に寄す

この里に雪の降る夜は　奥山の
　春を待つらむ君をしぞ想ふ

（平一二・一・一）

海辺ノ防風林

玄冬独リ辿ル林中ノ道
枯葦《こゐ》前ヲ塞ギ又後ヲ鎖《とざ》ス
或ヒハ見《あらわ》レ或ヒハ隠レテ誘ヒ已《や》マズ（不）
覚エズ（不）遠ク来タッテ帰路ヲ失フ

樹上時ニ聞ク海風ノ過グルヲ
樹間乍《たちま》チ驚ク野雉《やち》ノ飛ブニ
問フ勿カレ道ヲ尋ヌル何処《いづこ》ヲカ志《めざ》スト
今我レ歩ム所　是レ志スノ地

（平一三・一・一）

冬夜新獲《しんかく》ノ墨ヲ試ム

小閤《こう》沈沈トシテ靜夜《せいや》長ク
磨墨声幽《かす》カニ墨光新タナリ
憐ム可シ硯傍《けんぼう》瓶裏《へいり》ノ梅
人定《しず》マリ更《こう》深クシテ暗《あん》ニ香ヲ合ス(注1)

(注1) 墨の香りと梅の香りとが融け合う。

(平一四・一・一)

冬蟄《ふゆごもり》

雪ニ埋ヅモル草堂老翁棲ム
自ラ言フ胸中宇宙在リト
墨ヲ磨《す》レバ硯池《けんち》風雲生ジ
筆ヲ揮《ふる》ヘバ鋒端《ほうたん》(注1)山川《さんせん》起コル
壁ニハ掲グ瀟湘《しょうしょう》(注2)　雲烟ノ景
又懸ク寒林《かんりん》(注3)　雪堂ノ図
今朝神遊シテ(注4)図中ニ入リ
忽チ(注5)　堂上苦吟《くぎん》(注6)　ノ翁ト為ル

(注1) 筆の先端。
(注2) 洞庭湖の南、瀟水と湘水とが混《まざ》るあたり。
(注3) 冬の林。
(注4) 魂が遊び出て
(注5) 知らぬ間《ま》に
(注6) 苦労して詩を作る

(平一五・一・一)

平成一八年の年賀状に記した言葉。

以後年賀状には拙画を色彩印刷して載せることになりました。

老来世味日ニ薄レ詩魂騒ガズ、旧作ノ拙画ヲ以テ詩ニ代エサセテ頂キマス。オ赦《ゆる》シ下サイ。

（平一八・一・一）

越後と周辺の自然

越後下関附近田園五月

孤村雲《くも》低《た》レテ　雪《ゆき》　山ニ在リ
農夫隊ヲ成シテ秧《なえ》ヲ挿《さ》シテ行ク
水面　漣《さざなみ》　立ッテ春泥深シ
狡《こう》鴉《あ》人ヲ侮ッテ面前ニ飛ブ

（昭四八・五・二四）

甲信ノ二友ト（与）白鳳渓谷ニ遊ビ、西山温泉ニ宿ス

樵者昔伝フ白鳳峡
秋ハ紅葉《もみじ》ヲ流シテ人空シク知ル
白根山上雪恒《つね》ニ新タニ
鳳凰山下雲永《とこし》ヘニ巻ク

秋聲先ヅ聞ク詩人ノ魂
嘗《つね》ニ訝《いぶか》ル何《いづ》レノ谷《たに》カ我ガ秋ヲ育《はぐく》ムト
秋神紅《くれない》ヲ煮ル白鳳ノ谿《たに》
先ヅ巒巌ヲ染メテ徐《おもむ》ロニ渓ニ下《くだ》ル

造化秋ヲ描クニ夜《よる》霜ヲ降ラス
岩壁ヲ絹ト為シ霜ヲ筆ト為ス
萬壑《がく》人ノ秘工ヲ窺フ無シ
午日谷ニ射セバ纐纈《こうけち》紅《くれない》ナリ

千年ノ楓樹　合圍ノ松
鳶ハ空谷ニ舞ヒ　猿ハ巒《みね》ニ啼ク
雲ハ藤蘿ニ戯レテ　断崖ニ漂ヒ
瀑《たき》ハ霜葉ニ潜ンデ時ニ人ヲ驚カス

川原《せんげん》漸ク高ク　源《みなもと》ノ近キヲ知ル
石ハ翡翠ノ如ク　水ハ碧ノ如シ
風景蒼茫タリ　霜林ノ色
夕霧《せきむ》遥カニ鎖《とざ》ス　雪嶺ノ路

雲色《うんしょく》澄明　谷既ニ暗ク
驟雨俄カニ至ッテ暮天ヲ鎖ス
霧ヲ侵シ闇ヲ衝イテ危蹊ヲ下レバ
白蛾頻リニ車燈ヲ過《よぎ》ッテ飛ブ

川原《せんげん》薄明　岸黒暗
百里ヲ踏破シテ初メテ燈《ひ》ヲ認ム
秋雨啾々タリ温泉ノ邑《むら》
老人湯ニ坐シテ黙シテ人ヲ迎フ

白鳳峡谷　夜雨《やう》ノ宿《やど》
中宵酒醒メテ人自《おのずか》ラ語ル
六道《りくどう》永《とわ》ニ迷フ　不倫ノ愛
溪聲時ニ一段ノ響キヲ作《な》セリ

（以上昭四八・一〇・一三）

日光ニ遊ブ

丸沼

霜林秘《ひそ》カニ碧潭ヲ抱イテ眠ル
雲霧ヲ醞釀《うんじょう》シテ永ク日ヲ遮《さえぎ》ル
神女昔落トス明玉鏡
今モ環山ノ秋色ヲ映シ来タル

菅沼

霧ハ湖面ニ漂《ただよ》ッテ陰晴ヲ分カチ
南潭《なんたん》日射《さ》シテ清クシテ底ヲ見ル
秋ハ環山ニ降《くだ》ッテ霜葉紅《くれない》ナリ
白骨ノ枯木人目《じんもく》ヲ傷マシム

東照宮

金箔黒漆妖光新タナリ
百年ノ風雨空シク吹キ過グ
参天ノ神杉《しんさん》齊《ひと》シク同齢
異《あや》シイ哉　見ズ　当時ノ人

（昭四八・一〇・二）

大石寺ノ大伽藍ヲ観ル、(注1)時ニ富士山麓雲満チ烟雨至ル

霧ハ山麓ヲ這《は》ヒ雲ハ嶺ヲ隠ス
末法ノ迷蒙昏《くら》キコト暮ノ如シ
祇園《ぎおん》　竹林《ちくりん》(注2)　蓬蒿《ほうこう》ニ埋ヅミ
遞《かわ》ッテ出ヅ鉄骨千仞《せんじん》ノ城

信徒千万皆蟻《あり》ニ似タリ
営々運ビ来タル涙血ノ銭
山河ノ砂礫暴掠シ尽キ
億兆ノ唱題空シク天ヲ震ハス

祖仏(注3)　生涯一衲衣《のうえ》
佐渡甲州ニ屋漏ヲ聴ク
仏界ノ成《じょう》ズルヲ願フ蒼生ノ心ニ
豈ニ思ハンヤ　魔界ニ化城《けじょう》ヲ現ゼントハ

冥霧低迷シテ鬼雨至リ
富嶽ノ秀容　想ヘドモ見エズ
唯精神一片ノ存スルノミ有ッテ
独リ明燭ヲ掲ゲテ無明《むみょう》ニ対ス

（注1）此の時には大石寺と創価学会とが良好の関係に在ったが、その後、関係が悪化して此の大伽藍は破壊された。
（注2）釈尊の開設せし精舎の名。
（注3）日蓮聖人を指す。

（昭四八・八・二六）

越後湯沢雨中

雲ハ高原ヲ包ンデ雨　草ニ光リ
行人ノ夏衣濡レテ肌ニ着ク
山ハ幻城ノ魔軍ヲ威《おど》スガ如ク
杉ハ巨人ノ戟《ほこ》ヲ立テテ進ムニ似タリ
近年最モ苦シム　人情ノ覆《くつが》ヘルニ
計ラザリキ　山川モ孤魂ヲ窘《さいな》マントハ

（昭四八・八・二四）

五月越後片貝駅《かたがい》自《よ》リ荒川渓谷ヲ下ッテ鷹《たか》ノ巣《す》温泉ニ至ル

羽越国境雪嶺ヲ望ム
樹《きぎ》ハ緑焔ヲ吐イテ渓谷春ナリ
湍瀬《たんらい》矢ノ如ク岩ニ激シテ流レ
清泉糸ノ如ク崖《がけ》ヲ下ッテ飛ブ

飛機雲ヲ引イテ白日ニ入ル
昊天《こうてん》一碧　高キコト窮マリ無シ
足ヲ停メ気ヲ齊《ととの》ヘテ鳥声ヲ追フ
重巖《ちょうがん》経《へ》来タッテ新萠《しんぼう》ニ酔フ

長橋渓《たに》ニ懸カッテ空中ニ揺ラギ
喬松《きょうしょう》崖ニ倚ッテ仙館ヲ潛ム
鶴氅ノ神人(注1)立ッテ徘徊ス
橋ヲ渡ッテ乃《すなわ》チ認ム　湯治《とうじ》ノ客ナルヲ

山峡ノ温泉　昼　人無シ
熱湯空シク溢レテ硫黄香ル
骨ハ羽毛ト化シテ流水ニ漂ヒ
肌ハ桃花ヲ泛《う》カベテ槽中ニ発《ひら》ク

（注1）鶴の羽毛にて作りしオーバーを被った神の如き人。

（昭四八・五・二四）

癸丑十月山梨自《よ》リ東京ヲ経テ新潟ニ帰ラントシ、上越線ニテ上毛ヲ過《よぎ》リ三山ノ落日ヲ観ル。十八軍ニ従ッテ榛名山麓ニ屯セシガ、尓来三十ヲ閲《けみ》シテ転蓬休《や》マズ、当時ノ緑髪変ジテ衰草霜ヲ帯ブルニ至レルヲ思ヒ、愴然トシテ感有リ

妙義既ニ暗ク落日ヲ負ヒ
赤城夕照紅雲ヲ引ク
転蓬老イテ向カッテ感傷多シ
想ヒハ帰ル　榛名少年ノ日
青春夢ハ砕ク　敗軍ノ日
生涯ノ窮理　其ノ際ニ誓フ
山麓ノ夏草三十枯レ
当時ノ夕陽　三山ヲ照ラス

（昭四八・一〇・一五）

深夜国道十九号線ニテ名古屋自《よ》リ新潟ニ赴カントシ
休憩所《ドライブ・イン》ニ於テ食事ス

白光忽チ破ル車道ノ闇
店肆《てんし》錯綜　人縦横
若《も》シ昔人ヲシテ此ノ景ヲ観シ（使）ムレバ
応《まさ》ニ疑フナルベシ百鬼ノ幻市ニ集《つど》フカト

一客俄カニ来タッテ隣席ニ坐シ
黙然《もくねん》食シ了《おわ》ッテ忽忽《そうこつ》トシテ去ル
人生ノ会離《えり》　古来同ジキモ
迅速電光　今ニ過ギズ（不）

（昭四九・七・二七）

佐渡願賽《ねがいさい》ノ河原ニ遊ブ

漂客遥カニ来タル離島ノ果テ
奇岩嵯峨《さが》トシテ歯牙ヲ生ズ
一葉ノ漁舟　岩上ノ鵜《う》
水天合スル辺《あた》リ　是レ他界

累《るい》々礫《こいし》ヲ積ム　稚児《おさなご》ノ魂
笑声跫音　洞中ニ起コル
幽鬼夜踏《ふ》ム荒磯《ありそ》ノ石
海風千年吹イテ塵ト成ル

古来幾回カ　流罪ノ人
此《ここ》ニ来タッテ　踟蹰《ちちゅう》シテ脚《あし》震戦セシ
遥カニ冥海ヲ望メバ浪《なみ》　雲ヲ浸ス
今生ノ流人《るにん》　我レ老イタリ（矣）

（昭四九・七・三一）

佐渡願ノ大野亀《おおのがめ》ニ登ル

巨巌玉立一千尺
絶壁海ニ落チテ水　藍ノ如シ
海上遥カニ望メバ巒《みね》　雲ニ迫ル
北冥ニ劫ヲ経シ怪亀ノ姿

山麓萋《せい》々トシテ花草茂リ
五色繚乱トシテ流鴬ヲ聴ク
登ルニ随ッテ道険《けわ》シク馬背ヨリ狭シ
崖《がけ》ハ鞋《あい》下ヨリ落チテ直チニ海ニ入ル

遂ニ山頂ヲ窮メテ千里ヲ望メバ
蒼海席《むしろ》ニ似テ波　織ルガ如シ
内海ノ漁網　浮《うき》ヲ連ネテ静カニ
蜿蜒《えんえん》タル岩礁　波ノ寄ルコト遅シ

偉大ナル哉乎《かなや》　造化ノ功
改メテ此ノ理ヲ悟ッテ瞑《ひくる》ルヲ知ラズ（不）
雲ヲ分ケ霧ヲ踏ンデ馬背ヲ降《くだ》レバ
海風颯《さつ》々トシテ我ガ衣ヲ吹ク

（昭四九・七・三一）

佐渡願沖拂暁ノ景

海霧漸ク収マッテ天際明ラカナリ
曙光山ヲ出デテ波瀲灧《れんえん》
漁舟網ヲ引ク　暗礁ノ辺
群鴎聚《あつ》マリ飛ンデ豊漁ヲ告グ

鴎ヲ従ヘ揚々トシテ漁舟還ル
桟橋既ニ白《しら》ミ人跳ビ移ル
満載ノ木箱　手渡スコト重シ
紫紺　背ニ鮮ヤカニ飛ビ魚揚ガル

（昭四九・八・一）

佐渡妙照寺（注1）

往時ノ訪客（注2）　決死ノ人
門前歩々　草　血ヲ生ズ
堂中ノ学僧（注3）　死ヲ超エシ人
立ッテ迎フレバ草木モ顔色ヲ生ズ

草堂小ナリト雖モ意気豪ナリ
石上ニ止観（注4）スレバ石《いし》分裂ス
我レ来タッテ佇立《ちょりつ》シテ英風ヲ懐ヘバ
当時ノ蟬声《せんせい》　石上ニ灑《そそ》グ

（注1）日蓮佐渡流謫三年蟄居の地に建立されし寺。
（注2）日蓮流謫時に日蓮を慕って訪ねた信者たち。
（注3）日蓮を指す。
（注4）堂祉に一小石あり。分裂して既に久し。日蓮腰掛石と言い伝う。

（昭四九・八・二）

佐渡順徳稜(注1)

順徳食ヲ断ッテ絶海ニ死ス
玉體僅カニ剰《あま》ス一掌ノ灰
二十餘年恨ミ未ダ長カラズ
古松尚咽《むせ》ブ北洋ノ風ニ

（注1）順徳帝承久の変に遭い、佐渡に流謫せらるること二十二年、遂に自ら食を断って死す。時に齢四十六。遺骸は即日真野《まの》に於て焚焼せらる。真野御稜は即ち其の祉なり。

（昭四九・八・二）

佐渡金山坑内行

一陣ノ冷風此ノ身ヲ襲フ
人界ニ非ズ　又魔界ニ非ズ
燈火明滅　鑿《のみ》鏗《こう》々
人影壁ニ動イテ　金爛粲《きんらんさん》
清水《しみず》岩ニ湧イテ汲《く》メドモ尽キズ（不）
悪気《おき》礜《さけめ》ヲ漏レテ排スレド又来タル
燈火壁ニ暗ケレバ後ヲ顧ル勿《な》カレ
金ハ生人《せいじん》ニ飽イテ光爛粲

（昭四九・八・二）

大佐渡天空路《スカイライン》

佐渡ハ海ヨリ起コッテ直チニ山ト作《な》ル
一タビ脊梁《せきりょう》ニ登レバ　望遮《ぼうさえぎ》ル無シ
蒼穹弓ノ如ク　地ハ的《まと》ノ如シ
遊子ノ雙眸《そうぼう》　千里ヲ射ル

左ニ両津《りょうつ》ヲ望ミ右ニハ真野
小佐渡《こさど》靄《もや》ニ入ッテ国中《くになか》静カナリ（注1）
平野碧海唯色ヲ分カチ
水天遥カニ交ワッテ半円ヲ描ク

天地廣闊《こうかつ》タリ達人ノ心
白雲風ニ乗ル騒人ノ想ヒ
行客言熄《げんや》ンデ茫トシテ回看スレバ
金北《きんぽく》ノ連山唯夕陽（注2）

（注1）佐渡島は北を大佐渡、南を小佐渡と呼び、中の少しくびれし所は富裕なる平野にて国中と呼ぶ。

（注2）大佐渡ノ最高嶺を金北山と呼ぶ。

（昭四九・八・三）

秋、高山線ニテ飛騨木曽川ニ沿ウテ北ス。高山線ハ岳父服部覩一ガ敷設セシ所ナリ。難工事ノ為ニ日夜焦心鏤骨《るこつ》、遂ニ病ヲ得テ死セリ。

一丈厓《がけ》ヲ鐫《けず》ルニ寸《すん》　骨ヲ鏤シ
鉄路纔《わず》カニ通ジテ身《み》　先ニ死ス
連山清水《せいすい》鳥跡絶エ
孤魂今モ迷フ萬峯ノ雲

右深潭ニ臨ンデ乍《たちま》チ橋ヲ渡リ
左激波ヲ望ンデ直チニ山ニ入ル
白雲碧空森ト（与）水ト
列車ハ今走ル　秋神ノ国

（昭四九・一〇・六）

岐阜長良川ニ鵜飼ヲ見ル

闇ハ江上ニ降《くだ》ッテ波　船ヲ揺《うご》カス
弦歌俄カニ起コル秋風ノ渚《なぎさ》
酒ハ期待ヲ孕《はら》ンデ時　既ニ移リ
数点ノ漁火　闇ヲ出デテ来タル

嘴《くちばし》ヲ挙ゲテ魚ヲ呑ム水上ノ鵜
身ヲ躍ラセテ翅《はね》ヲ没ス水中ノ鳥
鵜匠ノ神手　綱　操ルガ如シ
水夫《かこ》舷《ふなべり》ヲ叩ク　声叱《しつ》々

炬火炎々トシテ清流ヲ照ラシ
火ノ粉ハ雨ト灑《そそ》グ　人ト（与）鳥トニ
鵜ヲ揚ゲ魚ヲ吐カシムレバ銀鱗光ル
疑フラクハ是レ清浄《しょうじょう》神代《かみよ》ノ景カト

船頭左右ニ客船ヲ操リ
船客起坐シテ鵜船ヲ逐フ
清流矢ノ如ク諸舟ヲ送リ
片時《へんじ》楽シミハ尽ク　秋風ノ岸

（昭四九・九・一四）

清津峡ニ遊ブ

激流谷ヲ截《き》ルコト突騎ニ似タリ
十里開濟ス清津峡
巨巌列柱　瀑《たき》ノ落ツルカト疑ヒ
楓櫨満壁ニ灯火ヲ点ズ

登ルニ随ッテ渓流ハ谷底ニ咽《むせ》ビ
径《みち》ハ崩崖ニ懸ッテ空《そら》ヲ踏ンデ征《ゆ》ク
楓葉愈《いよいよ》厚ク　対厓迫ル
仰イデ秋天ヲ望メバ井口ノ如シ

午ヲ過ギテ日《ひ》隠レ谷黄昏
霜葉色ヲ増シテ一段紅《くれない》ナリ
渓流日夕響キ相同ジキモ
歸心ヲ以テ聴ケバ自《おのず》ラ別調アリ

（昭四九・一〇・二七）

伊勢内宮

翠芳萌《も》エント欲シテ鈴川《れいせん》清ラカナリ
行客ノ春衣参道ニ溢ルルモ
境内空濶トシテ人無キガ如シ
見エザ（不）ル神霊　我レニ触レ来タル

汝ニ問フ　汝ハ妖邪ニ非ザルヤ否ヤ
端坐シテ千年民力ヲ食ラフ
素木《しらき》ノ巨材　黄金ノ飾リ
壮麗ナル社殿　虚無ヲシテ住マハシム

（昭五〇・四・三）

彌彦山ニ登ル

索道高ク登ル芳樹ノ山
脚下一望越原平ラナリ
斑々田ハ光ル行雲ノ翳《かげ》
群戸日ニ粲《きらめ》イテ水上ニ浮カブ

山上ノ白日西東ヲ照ラシ
海ハ銀沙ノ如ク野ハ湖ノ如シ
白波磯ヲ指《さ》シテ寄レドモ進マズ（不）
蕭條タル山頂　旗特《ひと》リ鳴ル

孤客山風愁ヘ一段
去ラント欲シテ華髪更ニ海ニ向カヘバ
佐渡落日雲殆ド霽《は》レ
半月初メテ浮カビ　天地遥カナリ

（昭五〇・五・二一）

初夏、吉田付近越後平野春望

怪シイ哉　春水何《いず》コ自リカ来タレル
百枚田ヲ植ウレバ百枚ニ満ツ
憐レム可シ白首ニシテ帰田無シ
去リ去ル　薫風ト溝水ト（与）

（昭五〇・五・二一）

旧新発田《しばた》藩足軽屋敷ヲ観ル

嘗テ聞ク足軽貧ニシテ（而）貪《どん》
屋《おく》ハ豚舎ニ似テ日ニ賽《さい》ヲ争フト
豈ニ思ハンヤ眼前瀟洒《しょうしゃ》ノ宇《いえ》
室《へや》ハ公園ニ似テ之ヨリモ（於）闊《ひろ》シ

百年空シク過グ維新ノ後
強兵富国怒涛ノ間
千万ノ壮丁戦場ニ死シ
幾億ノ怨魂異国ニ迷フ

因ッテ獲タリ昇平ノ三十年
経済ノ栄ユル未曾有ト称スルモ
君見ズ（不）ヤ叢生スル團地ノ群
及バズ（不）足軽屋庭ノ寛ナルニ

国民名ハ主ニシテ実ハ賎奴《せんど》
知ルヲ要ス　栄華誰《た》ガ辺《ほと》リニカ在ル
白頭道ヲ求メテ恒《つね》ニ貧ヲ伴《とも》トス
何レノ日ニカ居《きょ》斯クノ如ク安キヲ得ン

（昭五〇・七・四）

阿賀野川ニ沿ウテ上リ将《まさ》ニ渓谷ニ入ラントス

谷ヲ出ヅル冷風稲已《すで》ニ稔ル
雲山前ニ横タワル渓口ノ邑《むら》
庭前茄《なす》ヲ摘ム農家ノ婦
丈ヲ越ス鶏頭　秋軒《のき》ニ在リ

（昭五〇・八・二七）

只見線ニテ奥只見湖ヲ過グ

山駅寂寞トシテ行客絶エ
只見線辺秋色深シ
雲ハ草原ニ湧イテ山腹ヲ登リ
雨ハ霜葉ニ灑《そそ》イデ渓流ヲ下《くだ》ル

環山ノ金紅雨ニ濡レテ曛《くん》ジ
秋湖秘カニ横タワル空濛ノ中
何ノ時カ官ヲ退イテ此ノ地ニ棲ミ
積心ヲ積水ノ深キニ比ブ可キ（注1）

（注1）望み竟に叶わず

（昭五〇・一一・三）

飯盛《いいもり》山中腹ノ疏水洞口及ビ白虎隊士二十人自刃ノ地ヲ観ル。疏水洞ハ隊士等ガ之ヲ経テ飯盛山ニ出デシ所ナリ。

此ノ洞今日清水ヲ出ダス
百年嘗テ出ダス美少年
二十ノ生命此ノ洞ヲ出デ
二十ノ生命此ノ山ニ消ユ
当時ノ若木既ニ老樹
霜葉厚ク覆ッテ城見エズ（不）

（昭五〇・一一・五）

会津藩主下屋敷御薬園《おやくえん》ヲ観ル

邦陋《くにろう》ニ民貧シク租ヲ輸スルニ困《くる》シム
家臣保チ難シ況ンヤ別業ヲヤ
池水僅カニ映ス数樹ノ影
餘地悉ク充《あ》ツ薬草ノ叢《むら》
明君ノ臺榭《たいしゃ》豈ニ狭シト為《せ》ンヤ
昔ハ納ム田園万畝《ばんぽ》ノ景
今日開発周圍ニ及ビ
四辺ノ物華暴尽シテ虚シ
苔蘇光ヲ増シテ細雨至リ
庭園空シク清ク人ヲシテ愁ヘ使《し》ム

（昭五〇・一一・五）

奴老《やろう》ヶ前《まえ》(注1)ノ田楽ヲ食ス

天下ノ田楽《でんがく》奴老ヶ前
北越ノ野史耳食久シ
豈ニ思ハンヤ　野店ニ一嫗《いちおう》ノ賣ルトハ
炉辺並べ挿ス味噌ノ香リ

陶盤盛《も》リ来タル五六串
芋餅《うべい》味ヒハ琴瑟《きんしつ》ノ妙《たえ》ナルニ似
甘ハ舌上ニ溶ケテ直チニ心《むね》ニ泌ム
誰カ言フ美食ハ口腹ノ奢リナリト
顧《かえ》リテ老嫗ヲ見レバ頓《とみ》ニ品《ひん》有リ(注2)
初メテ知ル滋味ハ識《しき》高キニ在ルヲ

（注1）会津武家屋敷近辺ニ在ル田楽屋ノ名称。令名北国ニ聞コユ。
（注2）名ハ秀（ひで）。故ニ名所図絵ニ称シテ「お秀田楽」ト言フ。

（昭五〇・一一・六）

西会津大山祇《おおやまつみ》神社ニ詣《もう》ズ

造化秋ヲ織ルニ豈ニ私《わたくし》有ランヤ
夜寒凛冽《りんれつ》　更ニ紅《くれない》ヲ増ス
山祇ノ神威厳トシテ霜ノ如ク
此ノ辺リ秋色一段深シ
山精洞ニ潜ミ魅《み》穴ニ竄《かく》レ
渓声独リ清クシテ万籟《ばんらい》熄《や》ム
参客頭《こうべ》ヲ垂レテ粛トシテ声無シ
真《まこと》ニ知ル山神《さんしん》ハ寡妻ニ斉《ひと》シキヲ

（昭五〇・一一・一三）

三月二十三日新潟自リ名古屋ニ赴カントシ妙高高原駅ヲ過グ。飛雪縦横降雪一丈ナリ。時ニ集団就職児ノ同窓生ニ歓送セ被《ら》ルルヲ見ル。(注1)

妙高三月雪《ゆき》　花《はな》ヲ作《な》ス
忽チ見ル集団就職児
行ク者ハ黙々送ル者ハ喧《けん》
列車揺《うご》ク時雪《ゆき》天ニ満ツ

（注1）高度経済成長を支えたのは此の児らである。同時に児らを奪われた地方市町村の没落・過疎が進行したのも此の時以降であった。

（昭五一・三・二三）

六日町《むいかまち》辺越後平野烟雨

天ヲ拄《ささ》フル連山雲ニ浮カブガ如ク
秧《なえ》ヲ挿《さ》ス農夫湖ヲ渉《わた》ルガ如シ
滾《こん》々タル巨川《きょせん》新緑ノ雨
蒼茫タル孤村烟霧ノ中

（昭五一・五・二一）

六月五日母ノ一周忌ノ為ニ将《まさ》ニ岐阜ニ赴カントシテ木曽谷ヲ過グ

連山峯《みね》トシテ雲ノ湧カザル（不）無ク
渓流瀬《せ》トシテ雨ノ淋《そそ》ガザル（不）無シ
母ノ忌《き》ニ帰ルハ空虚ニ帰ルガ如シ
窓ヲ伝フ雨滴川谷《せんこく》ノ涙

人去ッテ一年相隔ツル遠シ
哭声谷ニ入ッテ渓流急ナリ
翠雨濛々木曽ノ路
山川重畳雲又雲

（昭五一・六・五）

六月六日母ノ遺骨ヲ新墓ニ納ム

新墓日ニ輝イテ面《めん》鏡ノ如シ
剥落黴苔《ばいたい》旧墓ノ傍ラ
導師施《せ》ヲ受ケテ誦経《じゅきょう》懇《ねん》ロ《ご》ナリ
旧骨願ハクハ快ク新人ヲ迎ヘヨ
親戚ノ香華《こうげ》終《つい》ニ一時
年々風ヨ薫レ柘榴《ざくろ》ノ花ニ

（昭五一・六・六）

長野盆地初夏

万頃《ばんけい》ノ田ヲ浸シ万口ヲ潤《うるお》シ
信川緩ヤカニ流ル青天ノ下
紅碧ノ千屋縁《ふち》ヲ飾ルガ如ク
環山盆地扈従《こじゅう》スルガ如シ
日ハ水面ヲ蒸シテ夏雲起コリ
天辺ノ峯頭既ニ雷ヲ帯ブ
明日雨降ラバ当《まさ》ニ秧《なえ》ヲ植ウベシ
田圃到ル処《ところ》農夫有リ

（昭五一・六・七）

八月五日葛《くず》温泉ニ至ル。雨少《しばら》ク止《や》ム時《とき》忽《たちま》チ天辺ニ軋《きし》ル聲有《あ》リ。仰ゲバ索道ノ巨木ヲ吊《つる》シテ雲峯自《よ》リ下《くだ》ルヲ見ル。

雨霽《は》レ日漏《も》レテ葉輝《かがや》ク時
軋《あつ》々タル金聲天辺ヨリ来《き》タル
仰イデ見ル巨木ノ雲ヲ出《い》デテ降《くだ》ルヲ
雲中尚樵者ノ棲ム有リ

（昭五一・八・五）

夜葛《くず》温泉ニ浴ス

山峡ノ温泉夜人無シ
不尽ノ熱湯滾々《こんこん》トシテ来《き》タル
此ノ翁困学世ニ益無シ
自《みず》ラ孤魂ヲ癒《いや》ス夜雨ノ宿
大塊《たいかい》無限ノ熱ヲ費却シテ
温メント欲ス天涯ノ一塵躯
地霊測ラズ（不）施受《せじゅ》ノ斉《ひと》シキヲ
更ニ渓声ヲ送ッテ同心ヲ寄ス（注1）

（注1）後四行の解説。大塊とは地球という意味。大地の霊はこの翁に施す所と、この翁より受くる所との等しきか等しからざるかを問題とせず、無限の地熱を送って世に益なき翁の微躯を温めてくれるだけでなく、更に渓声をその耳に送って、已がこの翁と同じ気持ちであることを言寄せる。

（昭五一・八・五）

善光寺

巨殿山ノ如ク門丘《おか》ノ如シ
壮麗威観十里ニ蟠《わだかま》ル
千年ノ桂樹幽嶽ニ生《お》ヒ
日ヲ哺《ふく》ミ露ヲ吸ッテ百丈高シ
截《き》ッテ梁棟ト為セバ雲霄ニ近ク
檜屋霧ヲ含ンデ青苔ヲ生ズ
鳩群時ニ起《た》ツモ昇リ得ズ（不）
徒《いたず》ラニ天日ヲ覆《おお》ッテ参客ヲ驚カス
鐫《けず》ッテ円柱ト為セバ深林ノ如ク
故山ノ霊気猶森然
秘佛奥ニ棲ンデ昼尚冥《なおくら》シ
況《いわ》ンヤ結縁《けちえん》ヲ願ウ壇下ノ闇ヲヤ（注1）

出《い》デテ宿坊ニ投ズレバ山門ニ近シ
夜ニ入ッテ微雨参道ヲ打ツ
傘ヲ捜シテ彷徨スレバ魔宮ノ如ク
巨殿雨ニ濡レテ照明ニ立ツ

憶フ昔釈尊禅定《ぜんじょう》ニ入リ
竟《つい》ニ菩提《ぼだい》ヲ成《じょう》ズ阿樹（注2）ノ下
梵天三タビ請《こ》ウテ哲人起《た》チ
初メテ法輪ヲ転ジテ三千年（注3）
甘露ノ法門（注4）闊《ひろ》キコト空ノ如ク
仏果形無キモ遍《あまね》キコト日ノ如シ
億兆辜《つみ》有ルト（与）辜《つみ》無キト
悉《みな》法雨ニ浴シテ慈育斉《ひと》シ
終《つい》ニ天下ノ凡男女ヲシテ
仏法ヲ説クニ権《か》リテ名利《みょうり》ヲ慕《した》ハ令《し》ム

釈尊頭陀《ずだ》ノ一粥飯《いっしゅくはん》
上人《しょうにん》衣《え》中《ちゅう》ノ億黄金
伽藍《がらん》空《むな》シク高クシテ仏道頽《くず》レ
正法《しょうぼう》天ニ消エテ人ヲシテ嗟《さ》セ使《し》ム

（注1）内陣ノ右ヨリ瑠璃《るり》壇下ニ入リ、暗黒ノ廊下ヲ手探リデ一巡シ、本尊直下ニ懸《か》カル「お錠まえ」ニ触ルレバ如来ト結縁サレ極楽往生ヲ約束サレルト言フ。
（注2）菩提樹ノ原名　アシュヴァッタ（阿説他、阿輪陀）ノ略。
（注3）釈迦成道ノ時、梵天説法ヲ勧請スルコト三度、初メソノ難シサヲ思ウテ躊躇シタガ遂ニ衆生ヘノ憐レミニヨッテ蹶起シ、初メテ法輪ヲ転ジテ説法ヲ為セリ。
（注4）釈尊梵天ノ勧請ヲ受ケテ起《た》ッテ曰ク「我レ今甘露ノ法門ヲ開ク。耳有ル者ハ聴ケ。」

（昭五一・八・六〜七）

裏磐梯檜原湖《ひばらこ》(注1)

磐梯昔怒ッテ山分裂
弾丸河ヲ塞イデ大海現ズ
颪ハ巨浪ヲ激シテ環山暗ク
厓《きし》ハ生靈ヲ埋メテ巉巌《ざんがん》高シ
湖中ノ群礁悉ク頭《こうべ》ヲ抬《もた》ゲ
今モ生靈ニ代ワッテ磐梯ヲ恨ム

(注1) 明治二十一年磐梯山水蒸気爆発シ、山塊飛来シテ此ノ辺リノ村落ヲ埋メ、生靈四百今尚地下ニ在リ。

(昭五一・八・二四)

秋、阿賀野河口ニ近キ越後平野所見

農婦指点シテ行人頷《うなづ》ク
薄花首《かしら》ヲ立ツ溝辺ノ路
碧天塵無ク稲黄熟
橋影倒《さかさま》ニ映ル水郷《すいきょう》ノ秋

(昭五一・一〇・一三)

蔵王山《ざおうざん》ノ火口(注1)ヲ覗《のぞ》ク

天既ニ氷雪ノ威ヲ蓄ヘ了《おわ》リ
山顚《さんてん》ノ這松《はいまつ》ニ天日淡シ
浩茫タル悲風雲辺《うんぺん》ニ起コリ
暗澹《あんたん》タル水色火口ニ澱《よど》ム

内輪(注2)十里馬背ニ似タリ
遥カニ釜底《ふてい》(注3)ヲ望メバ人界ニ非ズ
露岩《ろがん》血滴《したた》ル紅紫ノ色
溜ッテ青沼ト作《な》ッテ億歳古シ

山鬼汀《みぎわ》ニ宴ス明月ノ晩
玉女(注4)孤リ浴ス吹雪ノ夜
今日秋光釜底ニ明ラカナルモ
行客覗キ見テ脚《あし》震戦ス

（注1）蔵王山塊の最高峯「熊野岳」の火口湖。
（注2）噴火口の内輪山。
（注3）熊野岳の火口湖を「お釜《かま》」と呼び又五色沼と呼ぶ。周辺荒涼として樹草を留めず。
（注4）霜雪の神。

（昭五一・一〇・一四）

山形市郊外馬見《まみ》ヶ崎《さき》ノ芋煮会《いもにかい》(注1)。行客ト（与）会者トノ問答

秋日河原《かわら》ノ上
筵《むしろ》ヲ敷イテ親戚ヲ会ス
石ヲ集メテ以テ竈《かまど》ヲ築キ
釜ヲ懸ケテ以テ芋ヲ煮ル
酒ヲ温メテ羽觴《うしょう》ヲ飛バシ(注2)
水ヲ隔テテ秋色ヲ観ル
秋色未ダ尚闌《たけなわ》ナラズ
未ダ闌《たけなわ》ナラザル何ゾ惜シムニ足ラン
楽シミハ會話ノ中ニ在リ
喃々《なんなん》又喋々《ちょうちょう》
歓語已《や》ム期《とき》無シ
芋ノ既ニ煮ユルヲ知ラズ（不）

行客評ス

言ヲ寄ス山形ノ人ニ
山ハ異類ノ擾《みだ》スヲ拒《ふせ》ギ（注3）
雪ハ爐辺ノ楽シミヲ守ル（注4）
恒《つね》ニ親故ノ情ヲ盡クシ
既ニ恩愛ノ厚キニ足ル
何ゾ重ネテ相集フヲ要セン
喃々トシテ一筵ヲ同ジクスルハ
猫ノ日溜リニ戯ルルニ似タリ
只秋色ノ佳ナルヲ賞セヨ
此ノ外《ほか》何ゾ言ウニ足ラン

会者答フ

酬《むく》イント欲ス遠来ノ客ニ
客観理具《つぶさ》ニ備ハルモ
主観自《おのずか》ラ別意
理ヲ以テ意ヲ妨ゲズ（不）
只来タッテ同筵ニ坐シ
觴《さかづき》ヲ受ケテ敢テ辞スル勿カレ
川原《せんげん》日ハ亭午《ていご》
秋色買フヲ須《もち》ヒズ（不）
釜中芋正《まさ》ニ熟セリ
唯親故ニ饗スルノミニ非ズ

（注1）山形地方ノ風習ニシテ、秋日馬見ヶ崎ノ河原ニ筵ヲ敷キ、家族親友等相集イ鉄釜ニテ芋等ヲ煮テ会宴ス。休日ハ河原ニ溢レテ場所ヲ取ルニ苦労スト言フ。
（注2）羽ノ生エタ盃（漢代ヨリ以前ニ用イラル）ヲ客ノ間ニ飛バス即チ盃ヲヤリトリスル。
（注3）山形盆地ヲ取リ巻ク山々ハ、他国者ノ闖入ヲ拒ミ同國人ノ親密サヲ守ル。
（注4）冬降リ継グ雪ハ爐辺ノ団欒ヲ守ッテ親故ヲ親シマシム。

（昭五一・一〇・一六）

山寺《やまでら》(注1)　秋暮

奥羽連山万丈ノ秋
漸ク嶺ヲ下ッテ今此処ニ停《とどま》ル
峴《さき》ニ連ナル堂宇黄金ニ輝キ
崖ニ纏《まと》フ紅葉夕陽ニ燃ユ

名僧(注2)錫《しゃく》ヲ投ゼシ千年ノ古へ
当夕《とうせき》ノ光景正ニ是クノ如カラン
久遠《くおん》ノ仏光全山ヲ包ミ
縹渺《ひょうびょう》タル瑞雲巌穴ヲ出ヅ

果《か》満チ道成ッテ三才(注3)会シ
燦然タル伽藍《がらん》陸奥《みちのく》ニ出ヅ
仏恩広大千秋ヲ超エ
噫《ああ》此ノ夕陽我レヲ導キ来タル

心《しん》破レ脚萎《な》エテ幾階段
初メテ仰グ断崖ノ紅紫ニ輝クヲ
堂屋空ニ懸カッテ夕陽ニ燃エ
浮カビ出ヅ天地秋色ノ中《うち》

無限ノ山川無限ノ空
只満ツ夕陽ト（与）秋色ト

想ヒハ天外ニ翔《かけ》ッテ身ハ堂中
黄昏漸ク勾欄ヲ浸《ひた》シ来タル

巉巌屹立道《ざんがんきつりつみち》薄明
名山暮ルルコト早シ帰ルニ如《し》カズ（不）
迅ク石径《せきけい》ヲ下レバ闇相逐《お》ヒ
輝キ出ヅ中堂(注4)千年ノ灯《ともしび》(注5)

堂中人無ク唯仏有リ
坐シテ如来(注6)ニ対スレバ法身ニ満《み》ツ
不動文珠(注7)貌《ぼう》生ケルガ如ク
炯《けい》々タル眼光千載《せんざい》ヲ照ラス

（注1）宝珠山立石寺《りっしゃくじ》の通称。八六〇年円仁《えんにん》が創建。
（注2）当山の開基慈覚大師円仁を指す。
（注3）天地人。
（注4）根本中堂。円仁の創建にして今の物は南北朝期の建築。国宝。
（注5）中堂内陣の常灯明は、延暦寺の常灯明を分点し、円仁以来今に至るまで燃え継がると言ふ。
（注6）薬師如来。円仁の自作なりと言ふ。
（注7）如来の向かって右に文珠菩薩、左に不動明王の立像を置く。何れも鎌倉期の作と言ふ。

（昭五一・一〇・二五）

朝中央西線ニテ名古屋ヲ発シ、恵那ヲ過ギテ、御嶽《おんたけ》ノ

群山上ニ白皚々タルヲ見ル

名都朝《あした》ニ辞ス桜花ノ中

群山雪消エテ樹《き》萠エント欲ス

忽チ驚ク天涯氷雪ノ輝クニ

春風到ラズ（不）孤高ノ嶺

（昭五二・四・七）

暮ニ信越国境ヲ過ギテ、飯縄《いいで》、黒姫、妙高ノ三山ヲ望ム

朝ニ御嶽ヲ望メバ皎《きょう》トシテ鏡ノ如ク

暮ニ三山ヲ過グレバ燻《くす》ンデ銀ノ如シ

哲人ノ生涯当《まさ》ニ之ニ比スベシ

北国ノ風ハ晩節ヲ磨クニ足ル

（昭五二・四・七）

中越猛雪行。聞クナラク、奥只見降雪既ニ十米《メートル》ヲ超ユト。

嘗テ聞ク新潟雪屋《やね》ヲ埋ヅムト
今年猛雪天空ヲ埋ヅム
報道ス中越四丈高シ
鉄路ヲ寸断シテ白魔狂フト

雪ハ天ニ在ッテ応《まさ》ニ人ノ忘恩ヲ咲《わら》フナルベシ
五月雪融ケテ信川《しんせん》漲《みなぎ》リ
越原一望春水平ラカナリ
秋ハ億口ヲ足ラシメテ稲黄熟
至ル所ノ渓谷ニ電気ヲ起コシ
京浜ノ工業之ニ拠ッテ興ル
帝都ノ夜天星月ヨリ明ラカナルハ
偏ヘニ白神ノ威烈ヲ振《ふる》フニ因ル
嗚呼《ああ》猛雪ハ都人ノ福ニシテ
辺人ヲ以テ都人ノ犠《にえ》ト為ス

君見ズ（不）ヤ奥只見四丈ノ雪
山川村落弁ズ可カラズ（不）
只見ル粉霏ト（与）雪涛《せっとう》（注1）ト
纔カニ動ク雪下ニ家ヲ掘ル翁
何ゾ子ニ委ネズ（不）シテ是クノ如ク労スルヤ
田狭ク糴《てき》（注2）廉《やす》ク自ラハ給セズ（不）
遠ク異郷ニ稼グ子ト（与）婦《よめ》ト
誤ッテ崩雪ニ没スルモ誰カ能ク知ラン（注3）

近年纔《わず》カニ鉄路ノ通ズル有ッテ（注4）
一道ノ光明僻陲《へきすい》ニ生ズ
本邦第一ノ赤字線
都人ハ謗《そし》ル濫《みだ》リニ国用ヲ費スト
都人何ゾ知ラン老父ノ心ヲ
此ノ線汝ガ足橇《スキー》ノ為ナラズ（不）

誰カ此ノ線ヲ引ケル名ハ角栄（注5）
銭ヲ政界ニ撒《さっ》シテ宰相ヲスラ購《か》フ
況ンヤ又鉄路一條ノ細《さい》ナルヲヤ

賄賂撤シ尽クシテ身ハ囹圄《れいご》トナルモ（注6）
老父之ヲ見ルコト神ヲ仰グガ如ク
世ヲ挙ゲテ之ヲ譏《そし》レバ信 愈《いよいよ》堅シ
風ヲ衝キ雪ヲ冒シテ君ガ為ニ馳《は》セ
因ッテ聚《あつ》ム得票ノ十七万（注7）
誹謗山ノ如ク票雪ノ如シ

雪ハ山谷ヲ埋ヅメテ万象ヲシテ浄《きよ》カラシム

宰相賄ヲ貪ル豈ニ清シト言ハンヤ
清キハ雪ニ耐ウル辺人ノ心ニ在リ
今夜満街風《かぜ》雪ヲ巻キ
新潟都中誰カ老イザ（不）ラム
況ンヤ更《ま》タ孤影ノ孤燈ニ対スルトキ
如何ゾ四丈雪下ノ思ヒ

（注1）雪涛又ハ雪浪。積雪ノ厚キガ強風ニ吹カレテ海上ノ波涛ノ如キ観ヲ呈スルヲ言フ。
（注2）もみがらヲ付ケシママノ米。脱穀セザル米。
（注3）此ノ地方、雪かき雪下ろし中ノ老人ガ屋根ヨリ落チテ雪ニ没シ、又ハ屋根ヨリ崩落セル雪ニ埋モレテ死スルコト甚ダ多シ。
（注4）越後大白川ヨリ六十里越ヲ開通シテ会津線ト結ビシハ角栄ノ力ナリ。
（注5）田中角栄ヲ指ス。
（注6）ロッキード事件ニ坐シテ逮捕勾留セラレシヲ言フ。
（注7）田中角栄訴追直後ノ衆議院選挙ニ立候補シ、十六万七千票ノ大量得票ヲ獲タルヲ言フ。

（昭五二・一・一四）

上越線ニテ新潟自リ東京ニ赴カントシ、越後平野ヲ過ギテ将《まさ》ニ山ニ入ラントス

山腹雪融ケテ巨川速シ
支流出ヅル辺リ白峯横タワル
春耕既ニ了《おわ》ッテ水未ダ至ラズ
農夫腰ヲ伸バシテ前山ヲ見ル

（昭五二・五・五）

燕市八王子ノ安了寺ニ白藤ノ巨木花盛リナルヲ観ル。
其ノ幹数圍、花下広サ二百疊ナリ。

日滴《したた》ル翡翠《ひすい》鏤空《ろうくう》（注1）ノ屋
下シ来タル　無数ノ白玉簾《はくぎょくれん》
連珠繋ギ難ク散ッテ雪ト作《な》ル
偏ヘニ是レ薫風ノ君ヲ誘フニ因ル

怪シイ哉異薫《いくん》何処ヨリカ来タレル
試ミニ一朶《いちだ》ヲ摘《つ》ンデ聞ケド香無シ
乃チ悟ル藤花ハ幻ニ過ギズ（不）シテ
神女春ヲ愁《うりょ》フル孤閨ノ噫《といき》ナルヲ

（注1）ひすい玉に似た翠緑色のすかし彫りの屋根。白藤の葉の形容。

（昭五二・五・一八）

秋、紅葉川溪谷ヲ上リ戸《と》洞《ほら》ノ瀧ニ至ラント欲《す》ルモ、暮ルルニ遭ヒ遂ゲズ（不）シテ還ル

谷底暮ルルコト早ク寒《かん》至ルコト迅シ
魅《み》ハ逐《お》フ可キモ夜ハ禦《ふせ》グ可カラズ（不）
踵《きびす》ヲ廻ラシテ溪ヲ下レバ闇《やみ》背ニ迫リ
谷ヲ出ヅレバ山ハ含ム半辺ノ日

（昭五二・一〇・二三）

天童高原ノ疎林ヲ歩ム

秋ハ色ニ在ラズ（不）既ニ音ニ在リ
山腹ノ疎林秋陽多シ
行客葉ヲ踏ンデ音ノ高キヲ憚《はばか》リ
足ヲ停メテ輒《すなわ》チ聴ク落葉ノ声

山腹日夕枯葉降《くだ》リ
疎林朝暮木《こ》ノ実《み》落ツ
尚紅葉《こうよう》ヲ剰《あま》シテ別離ノ宴《うたげ》
峯頭ハ枯木《こぼく》秋既ニ謝《ゆ》ク

栗ヲ拾フ媼《おうな》ニ遭フ疎林ノ内
持チ帰ッテ孫ニ秋色ヲ見セント欲ス
別レ来タッテ数歩其ノ姿ヲ顧レバ
既ニ楓葉ト共ニ秋景ト為ル（注1）

（注1）秋景色の一部となっている。

（昭五二・一〇・二八）

重ネテ紅葉川渓谷下流ニ遊ブ。谷中落葉ヲ聴ク。

渓谷冬ニ向カッテ粧《よそほ》ヒヲ改メント欲シ
無限ノ枯葉《こよう》蕭々トシテ降《くだ》ル
想見ス桟道《さんどう》雪ニ軋《きし》ル夜《よ》
夢ハ在ラン満谷紅葉《こうよう》ノ日

頭上《ずじょう》ニ音ヲ聞イテ仰ゲド影無シ
唯見ル枯葉ノ旋転シテ下ルヲ
堆葉《たいよう》初メテ朽チテ谷ニ満チテ香ル
乃チ知ル彼《か》ノ音ハ冬ノ跫音《あしおと》ナルヲ

（昭五二・一〇・二九）

秋、重ネテ山寺ニ登ル

釈迦ヶ峯(注1)

名山望ムニ宜シ巉巌《ざんがん》ノ頂《いただ》キ
釈尊法ヲ説キシ靈鷲《りょうじゅ》(注2)ノ嘴《くちばし》
帝釈《たいしゃく》(注3)若《も》シ天空ニ聳エテ立タバ
羽前《うぜん》ノ全山纜《ともづな》ヲ結ンデ把《と》ラン

天地秋色悉《みな》夕陽
巌頭突兀《とっこつ》トシテ其ノ間ニ出ヅ
満壁ノ荘厳《しょうごん》紅葉《こうよう》ノ耀《かがや》キ
久遠ノ説法松籟《しょうらい》ノ吟《ぎん》

（注1）山寺岩壁中央ニ突出スル岩塊ニシテ眺望絶佳ノ所。面白山《おもしろやま》ヨリ蔵王ニ至ル奥羽山脈ノ連山ヲ一望シ、更ニ山形盆地ヲ瞰《み》ル。

（注2）霊鷲山《りょうじゅせん》。釈迦説法ノ迹。今存ス。鷲ノ羽ヲ拡ゲタル姿ニ似タルニ因リ、名付クト言フ。

（注3）仏法ノ守護神、帝釈天。雷霆神、インドラ。

天狗岩《てんぐいわ》(注1)

奇松蓋《がい》ヲ為ス巨巌ノ頂
三山(注2)ヲ遊行《ゆぎょう》スル天狗ノ巣
岩ニ這ヒ厓《がけ》ニ刷ッテ往ケドモ居ラズ（不）
唯見ル夕陽ノ松間ニ紅《あか》キヲ

（注1）又天華巌ト称ス。山寺岩壁中ニ突出スル奇岩ニシテ参詣客訪尋ノ最難所ナリ。

（注2）出羽《でわ》三山。月山《がっさん》、湯殿山、羽黒山《はぐろさん》。

五大堂

半壁(注1)日ヲ含ンデ山寺暮レ
御堂《みどう》空ニ浮カブ寂光ノ中《うち》
行客欄ニ倚ッテ対嶽(注2)ト語ル
遠山(注3)霞ニ入ッテ尚夕照

（注1） 山壁ノ途中。
（注2） 二口峠《ふたくちとうげ》、瀬ノ原山、神室山ナド。
（注3） 瀧山、蔵王山ナド。

（昭五二・一〇・三〇）

河島俊雄君ノ招キニ応ジテ神戸市ニ赴キ、摩耶山上ニ
阪神ノ夜景ヲ観ル。時ニ寒風勁シ。

強風霞ヲ払ッテ夜闇《やあん》透《とを》リ
湾ヲ隔テテ遥カニ見ル和歌山ノ灯《ひ》
脚下阪神千万戸
海ヲ圍ミ山ヲ遶ッテ野ヲ光ト成ス

光中更ニ動ク一条ノ帯
高速道路気息スル如シ
烈風吹キ過ギテ全光耀《かがや》ク
正ニ是レ文明極頂ノ時

怪シミ来タル此ノ光何事ヲカ照ラス
燈前各々有リ一人生
寒風伝ヘズ（不）燈下ノ思ヒ
千万ノ哀歓一望ノ輝キ

（昭五四・四・四）

神戸異人館幻想

何ゾ故国ニ倣《なら》ッテ此ノ館ヲ建ツル
海陸遥カニ隔ツ是レ郷ニ非ズ
高キニ臨ミ（注1）欄ニ倚ッテ重ネテ頭《こうべ》ヲ伸ブルモ
大塊（注2）ノ彎曲空シク望ヲ遮《さえぎ》ル

七洋横行青春ノ願ヒ
功成リ帰ルヲ願フ白頭ノ心
辞シ去ッテ百年消息無ク
風鶏（注3）尚待ツ舶帰《はくき》ノ魂（注4）

行客解セズ（不）往時ノ恨ミ
無情名ハ負フ異人ノ館《やかた》
壁鱗《へきりん》（注5）ハ剥落シ鋪石ハ凹《おう》シ
故屋朽チ往ク春雨ノ中

（注1）神戸異人館ハスベテ六甲山麓ノ高台上ニ在リテ全市、港、及ビ内海ヲ俯瞰ス。
（注2）地球。
（注3）屋上ノ風見鶏《かざみどり》。異人館中ノ名所ノ一ツ、「風見鶏ノ館」ノ屋上ニ在リ。
（注4）船で帰って来る故人の魂。
（注5）異人館ノ名所ノ一ツ「鱗《うろこ》ノ館《やかた》」ノ壁ヲ覆フスレート（粘板《ねんばん》岩《がん》）ノ鱗型ノ板。

（昭五四・四・二一）

猿橋と周辺の自然

猿橋駅辺渓谷ノ秋色

川原《せんげん》水枯レテ怪石露ワナリ
断崖風渡ル原始ノ声
満目ノ紅樹秋已《すで》ニ老イ
孤客面上　葉　雨ノ如シ

（昭四七・一〇）

晩秋ノ朝中央線ニテ猿橋自《よ》リ甲府ニ向カフ

峯頭ノ枯木羽毛ノ如シ
蒼天高ク澄ンデ寒鴉《かんあ》飛ブ
深秋ノ朝暉《ちょうき》甲州ヲ照ラシ
鉄路中ヲ析《さ》イテ一条光ル

（昭四七・一一）

松姫峠遠望

青天雲無ク四山静カナリ
富嶽遥カニ対ス大菩薩
夕陽無限絶巓《てん》ノ上
酸風吹キ揺《ゆす》ル遊子ノ心

（昭四七・一一・二六）

猿橋

遠山ノ落日猿橋ノ畔《ほとり》
嶺明カルク谷暗ク溪声哀《かな》シ
両岸ノ石壁青銅ノ如ク
咫尺《しせき》相対シテ天ニ向カッテ訴フ
深潭《しんたん》下ヲ繞ッテ魚龍潜ミ
老樹上ヲ覆ッテ老梟《ろうきょう》巣クフ
試ミニ橋上ニ立ッテ北風ニ向カヘバ
枯葉漂零《こようひょうれい》ス孤客ノ肩ニ

（昭四七・一二・一）

猿橋々下

猿橋々下初冬ノ水
波文《はもん》日ニ映ジテ石壁ニ揺ラグ
淵《ふち》深ク泥細《こま》ヤカニ小魚遊ブ
眼ヲ挙グレバ青藍一色ノ天

（昭四七・一二・三）

叔父北条熱実ニ従ッテ岩殿山麓円通《いわとのさんろくえんつう》寺跡ヲ弔フ。円通寺ハ郡内文化発祥ノ所、維新ノ時廃仏棄釈ニ遭ウテ廃絶セ被《ら》ル。北条氏ハ其ノ末裔《まつえい》ナリ。

寒村柿熟シテ水車旋《めぐ》ル
古道渓《たに》ニ沿ウテ山蔭《かげ》ヲ辿ル
老父杖ヲ曳《ひ》キ我レハ後ニ従フ
行人揖《ゆう》ヲ交《かわ》セドモ名ヲ知ラズ（不）

郡内ノ文物曽《かつ》テ此《ここ》ニ起コル
礎石草ニ没ス円通寺
老父杖ヲ挙ゲテ登道ヲ指《さ》セバ
岩殿秋深クシテ紅樹鎖《とざ》セリ

（昭四七・一二・一）

猿橋駅頭寸景

南山木枯レテ臥鼠《がそ》ノ如シ
背ニ鬆毛《しょうもう》ヲ立テテ青天ヲ刷《す》ル
朝旭頂ヲ出デテ我ガ眼眩《くら》ム
手ヲ翳《かざ》セバ数羽《すうう》日辺《じっぺん》ヨリ来タル

（昭四七・一二・一三）

冬、初狩《はつかり》駅ヲ発ス。猿橋自《よ》リ山梨学院大学ニ通勤ノ途次見タル光景。

衰草ニ獣走ル曝石ノ谷
枯木ニ鳥ハ迷フ無辺ノ山
富士ハ雲ヲ帽ニシテ天涯ニ傾キ
霄《そら》ハ鱗雲《りんうん》ヲ撒イテ冬来タラント欲ス

（昭四七・一二・一五）

桂谷（注1）家居

夷叔《いしゅく》ノ西山ニ在リシハ積善ノ報イナリ（注2）
我レ甲東ニ漂落シテ初メテ之ヲ知ル
桂川庭ニ面シテ幽谷深ク
百蔵《ももくら》軒ニ当タッテ山容秀ヅ
秋天玲瓏《れいろう》　青　溶ケント欲シ
腋下《えきか》自《おのずか》ラ清風ノ生ズル有リ
我ガ魂ヲシテ羽化登仙セ令《し》ム
何ゾ要セン葛洪（注3）仙丹ノ扶《たす》ケヲ

（注1）当時桂川《かつらがわ》の渓谷に臨む家（叔父北条熱実の別荘）に居住していた。

（注2）陶淵明ノ詩ニ言フ、「積善報イ有リト言フモ、夷叔西山ニ在リキ」ト。伯夷ト叔斉ノ兄弟ハ殷《いん》ノ紂王ヲ弑シタ武王ノ治世下ニ周ノ粟《ぞく》ヲ食フヲ拒ミ、首陽山ニ隠レ薇《わらび》ヲ食ッテ餓死シタ。此ノ句ハ陶詩ノ翻意。

（注3）葛《かつ》洪ハ中国東晋ノ道士。抱朴子《ほうぼくし》ト号ス。神仙道ヲ修シ、晩年ハ羅浮山《らふざん》ニ入リ錬丹《れんたん》ト著述ニ専念。著書ニ「抱朴子」「神仙伝」有リ。

（昭四七・一二・一六）

初狩自リ笹子《ささご》ニ至ル車外ノ景

田圃霜ハ鋪《し》ク南山ノ影
串柿《かんし》日ハ溢ル農家ノ軒
唐梨実《かりんみ》大キク枝ヲ圧シテ低《た》レ
児ハ棒ヲ揮ッテ菜ヲ食《は》ム豚ヲ逐フ

（昭四七・一二・二二）

笛吹川《ふえふきがわ》

礫石《れきせき》累々タリ笛吹川
笛吹童子水底ニ歌フ
水声風ニ混ジテ川原ヲ渡リ
天低ク山遠ク人ヲ見ズ（不）

（昭四七・一二・二三）

初狩自リ笹子ニ至ル道中

衰草霜ニ摧ク駅辺ノ道
十里渓ニ沿ッテ雲間ニ入ル
屡《しばしば》認ム山林柴ヲ焼ク煙
緑樹僅カニ点ジテ満目枯ル

忽チ見ル雲烟山岬《さんこう》ヲ下ルヲ
俄カニ澗谷《かんこく》ニ満チテ鞋底《あいてい》ヲ繞ル
人生多ク是レ中道ニ苦シム
唐梨《かりん》実重ク冷雨淋《そそ》ゲリ

（昭四七・一二・二三）

猿橋初雪

朝来衾中ニ雨声ヲ聞ク
起キテ認ム簷《のき》ヨリ注グ昨夜ノ雪ナルヲ
庭前ノ溪谷濁流ニ震ヒ
対岸ノ皓山《こうざん》雲烟ノ上

（昭四七・一二・二四）

笹子雪後

嘗テ聞ク笹子寒《かん》骨ニ徹《とお》ルト
昨夜豪雪山谷ヲ埋ヅム
今朝溪水雪ヲ割ッテ流ル
纔カニ鶺鴒《せきれい》ノ澗間《かんかん》ニ飲ム有リ
行人征《ゆ》キ苦シンデ前路ヲ窺《うかが》ヘバ
雲破レ青出デ日漏ルル所
群峯皎潔《きょうけつ》トシテ光輝ヲ発ス
天界ヲ望ミ見テ羇旅《きりょ》ヲ忘ル

（昭四七・一二・二六）

桂川《かつらがわ》鮎《あゆ》上ル

桂川五月鮎初メテ上リ
児等竿ヲ携ヘテ石壁(注1)ヲ下ル
清湍釣リ得タリ両三尾《び》
寸餘ノ銀鱗日ニ輝イテ長シ
喜ビ帰リ母ニ乞ウテ醤《しょう》ニ浸シテ烹《に》ル
沸《ふっ》シ了ッテ盤ニ盛レバ較ベテ小ナルヲ覚ユ
老父慰メント欲シテ労ヲ犒《ねぎら》ッテ食ス
甘脆《かんぜい》舌ニ融ケテ香房《へや》ニ満ツ

（注1）猿橋橋下ノ絶壁。纔カニ歩道有リ。

（昭四八・一二・三〇）

猿橋雪来タル

冬夜天空鉄色ヲ帶ビ
故山北風陰気ヲ発ス
庭前ノ枯樹断崖ニ鳴リ
四面ノ渓山雪霏《せっぴ》ニ入ル
燈重ク家中声ヲ潜メテ語リ
室寒ク爐辺更ニ相倚ル
想見ス猿橋々下ノ魚
今宵何レノ黒闇ノ磯ニ眠ルヤ

（昭四八・一一・六）

猿橋雪来タル

天ヲ仰ゲバ刧灰《こうかい》ノ如ク
谷ヲ臨メバ蛾群ノ如シ
空濛トシテ山川ヲ包ミ
漠々トシテ人ヲ見ズ（不）

晩ニ入ッテ少歇《しょうけつ》ニ乗ジ
林下危崖ヲ下ル
積雪渓谷ヲ照ラシ
氷水巌《いわ》ニ軋《きし》ッテ流ル

洲《す》ヲ隔テテ我ガ廬《ろ》ヲ望ム
孤燈崖ニ懸カッテ暗シ
寒威天地ヲ略ス
此ノ一宵ヲ守リ難シ

（昭四八・一・一五）

翌朝雪霽《は》ル

天霽レテ枯木《こぼく》新粧清シ
満山華麗六花《りくか》開ク
路雪寒《かん》ニ緊《しま》ッテ踏メバ声有リ
一水渓《たに》ヲ割ッテ数雀《すうじゃく》飛ブ

（昭四八・一・一六）

山村雪深シ

凍瀑巒《みね》ニ懸カッテ氷柱ヲ垂レ
一村雪ニ埋ヅンデ山峡ニ眠ル
人ハ屋中ニ蟄《ちつ》シテ消息無シ
岡陽ノ墓墳　水　潺湲《せんかん》

（昭四八・一・一九）

山径散策

寒鴉《かんあ》谷ニ下リテ雪間ニ飲ミ
小　雀《しょうじゃく》枝ニ啼イテ枯林疎ナリ
肩ニ微陽ヲ帯ビテ仄径《そく》ヲ上レバ
雪融ケテ崩土　足裏ニ均《ひと》シ

（昭四八・一・二一）

早朝猿橋自リ甲府ニ向カフ、笹子ニ至ルマデ雪無シ。笹子隧道《トンネル》ヲ経テ外界ニ出ヅレバ新雪山谷ヲ埋ヅメ陽《ひ》照ラシテ爛粲タリ。初鹿野《はじかの》駅ニ至ル。

一タビ隧道《ずいどう》ヲ出ヅレバ樹氷ノ晶《ひか》リ
滴珠闌干タリ枝々ノ雨
新雪日ニ輝イテ微煙ヲ上グ
電鈴独リ響ク山峡ノ駅

(昭四八・一・二六)

山陽冬景

天ハ連峯ニ接シテ青《あお》愈《いよいよ》深ク
山腹日溢レテ杉半バ褐ナリ
叢竹墓墳暖岡ヲ占メ
独リ村社ノ林中ニ暗キ有リ

(昭四八・一・三〇)

憂思ノ詩、山梨学院大学研究室ニ於テ作ル

悲苦ハ心ニ従ッテ生ズ
思フコト深ケレバ憂ヘモ又長シ
粛々トシテ日月逝キ
斑々トシテ霜鬢《そうびん》紊《みだ》ル
此ノ地留マリ難キニ苦シム
流転何ノ日カ已《や》マン
悠々タリ故国ノ山
揺々タリ我ガ羇心《きしん》
窓ニ当タッテ富嶽ヲ見
筆ヲ停メテ前途ヲ想フ

友有リ天涯ニ在リ
妻有リ飯帚《はんそう》ニ労ス
之ヲ思ヘバ衷情《ちゅうじょう》痛ム
静虚ハ我ガ宇《いへ》ニ非ズ
唯願ハクハ山川ノ間
浮雲ハ行ク所ニ従ヒ
流水ハ出ヅル処ヲ訪ネ
花草ハ栄枯ニ感ジ
雪月ハ流ルル光ヲ逐ヒ
斯クノ如クニシテ天年ヲ尽クサンコトヲ
起臥ス草廬ノ中
靜カニ春秋ノ移ルヲ観ル
世変帰スル所有リ
人生漣漪《れんい》ヲ挙グ
須ラク眼前ノ景ヲ去ッテ
存在ノ一挙ナルヲ観ヨ

尤モ憂フ嚢中《のうちゅう》ノ物ノ
今朝甚ダ寂寥タルヲ
飢寒ハ障隙ノ風
防ゲドモ何《いづ》コ自リカ又来タル
熱国ハ衣食シ易シ
真ニ宜《うべ》ナリ荘釈（注1）ノ出デシコト
此ノ国風雪繁ク
地狭マリ人縦横

労多キハ酬《むく》イ被《ら》ルルコト寡《すくな》ク
金権ハ金権ヨリ生ズ
貧士何ニ拠ッテカ立ツ
智ヲ売リ筋力ヲ鬻《ひさ》グ
唯只己ノ達センコトヲノミ冀《こいねが》ヒ
凌轢《りょうれき》シテ相已《あいや》マズ（不）

苦寒清節ニ伴《ともな》ヒ
哀吟之ニ因ッテ生ズ
詩中天地有リ
此《ここ》ニ遊ンデ暫ク愁ヘヲ忘ル
何ゾ要セン盃中ノ物ノ
腸ヲ敗リ素心ヲ蝕ムヲ
但ダ知レ詩ノ人ヲ殺スヲ
自然素《も》ト情《じょう》無シ
詩詠ジテ是《ここ》ニ情起コリ
情多クシテ物《もの》　心《こころ》ヲ傷《やぶ》ル
今夕風雪《こんせきかぜゆき》ヲ帯ブ
校庭人ヲ見ズ（不）

空堂ニ我レ高歩ス
反響嘲笑スルガ如シ
矻《こつ》々トシテ噫《ああ》　歳《とし》逝キヌ
積書我レト共ニ老ユ

（注1）荘子と釈迦

（昭四八・一・三一）

二月塩山自リ山梨市ニ至ル車中ノ景

車中ノ美女雑誌ヲ読ミ
時ニ蛾眉ヲ揚ゲテ窓外ヲ見ル
雲烟山ヲ籠メテ桃未ダ萠エズ
春意先ヅ上ル　紅唇ノ蕾《つぼみ》

（昭四一・二・六）

二月風強シ。甲府盆地山梨学院ヨリ望メバ、富士山ノ東壁雲ノ湧クコト陣馬ノ鬣《たてがみ》ノ如ク、強風ニ煽ガレテ騰《のぼ》ルコト数万尺、雪払ハレ稜角黒ク露ワレテ面皺《めんすう》ノ如シ。烈風校庭ヲ吹キ、人之ニ抗シテ歩マント欲スルモ進ムヲ得ズ（不）、校舎轟鳴《ごうめい》震雷ヨリ激シ

富嶽ノ東壁雲湧キ起コリ
絮《わた》ノ如ク乱レ立チ絲ノ如ク騰《あが》ル
天風之ヲ送ッテ雷電ヨリ迅シ
餘烈野ニ震ッテ高樓ニ轟《とどろ》ク
躬《み》ヲ鞠《まり》ニシテ風ニ抗シテ校庭ヲ行ケバ
富士山　褶《しゅう》老婆ノ皺《しわ》
厚ク白粉ヲ塗ッテ少年ヲ怯《おび》エシム
類セズ（不）好天ノ芙蓉峯

（昭四八・二・七）

不老園梅林ニ遊ブ、園ハ酒折《さかおり》台地ニ在リ、甲府盆地ヲ俯瞰シ、右ニ南阿留弗《アルプス》ヲ望ミ前ニ富士山ニ対ス。時ニ天清ク落暉《らくき》寂瀝《せきれき》タリ、寒《かん》厳シク梅花開クコト未ダ多カラズ

梅花初メテ開ク不老ノ園
高台寂寞トシテ寒風勁《つよ》シ
西嶺富嶽夕《ゆう》ベニ相対ス
弦月一片中天ニ淡シ

富嶽独リ輝イテ四山暗シ
悲風千里雲辺ヨリ来タル
遊子遥カニ対ス高台ノ上
一樹ノ梅花爛漫トシテ開ク

富士峯頭粉紅ヲ剰《あま》シ
環山盆地蒼然ト暮ル
独リ乱石ヲ踏ンデ梅林ヲ下レバ
瓊英《けいえい》白ク点ジテ暗香動ク

花香漂ヒ来タル　知ル何《いず》レ自《よ》リゾ
石径足ヲ停メテ頭上ヲ仰グ
玉枝相乱レテ花影疎ナリ
弦月光ヲ増ス其ノ上ノ天

（昭四八・二・九）

初狩春萠《きざ》セシヤ未ダシヤ

近山ハ暮色遠峯ハ霞
寒鳥悲鳴夕照ノ中
渓北時ニ綻《ほころ》ブ数樹ノ梅
山陰尚ヲ堅シ越年ノ雪

(昭四八・二・一〇)

木曽谷《きそだに》三月

白石磊嵬《らいかい》川原ヲ埋ヅメ
飛瀑千仞岩壁ヲ下ル
紅梅崖ニ懸カッテ落暉《らくき》ニ対ス
春ハ他谷ニ飽イテ漸ク此《ここ》ニ至ル

(昭四八・三・二七)

塩山ノ古寺ヲ訪ヒ、桜花ノ初メテ開クヲ賞シ、以テ二三子ト別レヲ為ス（注1）

古刹塵収マル昨夜ノ雨
老桜松ヲ凌イデ一時ニ開ク
人生幾回カ逝ク春ヲ惜シム
今年春浅ク我レ先ヅ行ク

春花ハ関セズ（不）行人ノ愁ヘ
良友語ラズ（不）惜別ノ想ヒ
金襴妖シク光ル古殿ノ奥
一山ノ讀経《どきょう》幽魂ヲ送ル（注2）

（注1）高田耿介、山崎岩雄、多田元智江ノ諸友、我レノ猿橋自リ新潟ニ赴カントスルヲ送リ、四月五日我レヲ率イテ塩山郊外ノ諸寺ニ桜花ヲ訪ヌ。諸寺トハ（者）恵林《えりん》寺、向岳《こうがく》寺ナリ。

（注2）時ニ衆僧古寺ニ会シ、武田信玄ノ回向《えこう》ヲ為ス。金襴トハ（者）衆僧着スル所ノ袈裟《けさ》ヲ指ス。

（昭四八・四・二二）

八月十一日早朝車ニ乗ジ白鳳渓谷（注1）ヲ遡ル

連嶽忽チ起コル盆地（注2）ノ涯《はて》
天ヲ追ヒ直チニ至ル　三千尺
峯ハ旭日ヲ受ケテ天界ニ輝キ
渓《たに》ハ夜烟ニ籠ッテ地底ニ咽《むせ》ブ

操者車ヲ駆ル神技ニ似タリ
車ハ厓端《がいたん》ニ懸カリ人空《ひとそら》ヲ征ク
雲ヲ出デ嶺ヲ超エテ天ニ登ルガ如シ
靈光谷ニ横タワル万山ノ曙《あけぼの》

（注1）南アルプス白根山ト鳳凰山トノ間ノ渓谷。

（注2）甲府盆地ヲ指ス。

（昭五〇・八・三）

猿橋八月桂陰ノ北条家別業ニ起臥ス（注1）

三山（注2）前ニ連ナル桂陰ノ居《きょ》
臥シテ天地ト（与）動静ヲ同ジウス
栗葉厓《りつようがけ》ニ喧《かまびす》シク雨ノ過グルヲ識《し》リ
蝉声《せんせい》谷ニ満チテ雨ノ霽《は》ルルヲ知ル
素心本《も》ト世ヲ憂フルノ迷ヒヲ去リ
山水ト互ヒニ狷猜《けんさい》無カラント期ス
法ヲ議シテ銭ニ換フル（注3）ハ真ニ咲《わら》フニ堪エタリ
故山今年モ久シクハ居リ難シ

（注1）作者此ノ年四月山梨学院大学自リ新潟大学ニ移ルモ、夏期休暇ヲ北条家別業ニ於テ過ゴス。
（注2）扇山《おうぎやま》（右）、百蔵山《ももくらさん》（前）及ビ岩殿山《いわとのさん》（左）ノ三山。何レモ桂川ヲ挟ンデ北条氏別業ノ北ニ聳ユ。
（注3）新潟大学ニ於テ刑事法学ヲ講ジテ家口ヲ糊《のり》スルヲ云フ。

（昭五〇・八・一五）

猿橋桂陰川崖ノ最高所ニ立ッテ連山渓水ノ遥カナルヲ望ミ、将来此ノ地ニ山水ヲ友トスルノ願ヒヲ叙《の》ブ

三山一水望《ぼう》ニ入ッテ尽キ
連嶽更ニ登ル九霄ノ果テ
道ハ万峯ニ通ジテ無形ニ入リ
思ヒハ風雲ニ乗ジテ変態ヲ極ム
筆墨丹青之ヲ叙《の》ベント欲スレバ
当《まさ》ニ餘命ヲ挙ゲテ此ノ地ニ埋ヅムベシ（注1）

（注1）望ミ終《つい》ニ叶《かな》ハズ。

（昭五〇・八・一八）

古美術鑑賞

古九谷茶碗ノ歌

陶人海涛《かいとう》ヲ渡リ
万里加藩ニ帰ス
神手是レ天性
何ン為レゾ磁石ヲ撰バン
轆轤《ろくろ》一タビ旋《めぐ》ル所
忽焉《こつえん》トシテ土《つち》玉ニ変ズ
掌上三タビ摩沙スレバ
千年餘芳有リ

（昭二八〜二九年頃）

黒織部呼ビ継ギ茶碗ノ歌

妙手ノ触ルル所
一塊ノ泥土
化シテ団雲ト作ル
窯火消エテ三百年
火気未ダ冷メズ

（昭二八〜二九年頃）

楽浪《らくろう》出土白銅盤ノ歌

旧漢ノ楽浪郡
昔時人　花ノ如シ
一朝塵土《じんど》ニ没シ
独リ此ノ故《ふる》キ盤ヲ留ム

憶《おも》フ昔菁粧ノ人
盤ヲ捧ゲテ前庭ヲ過《よ》ギリシヲ
堂ニ上ッテ才子ヲ見
恩愛之ニ縁ッテ生ズ
桃ヲ盛ル紅燭ノ下
帳《とばり》深クシテ喃語《なんご》ヲ聴ク
願ハクハ巫山《ふざん》ノ雲ト作《な》リ
白頭マデ相離レジ（不）ト
死シテ比翼ノ冢《つか》ニ入ル
魂去ッテ盤ノ副《そ》フ耳《のみ》
之ヲ思ウテ一タビ踟蹰《ちちゅう》シ
涕泣シ又歔欷《きょき》ス
人生ハ朝露ノ如シ
当《まさ》ニ此ノ盤ヲ如何ンカスベキ

匣《こう》ヲ開ケバ白虹ノ如ク
匣ヲ覆ヘバ黒雲ノ如シ
疑フラクハ是レ蛟龍化セルカト
恐ルラクハ他夜飛ビ去ランコトヲ

（昭三〇年頃）

夫人梨紗《モナリザ》ニ代ワル、東京国立博物館ニモナ・リサヲ観ル。

天才ノ靈眼射ルコト電《いなづま》ノ如シ
賎妾何ゾ堪エン笑ヒヲ帯ビテ見ルコトヲ
唯怨情一片ノ結ブニ因ッテ
覚エズ（不）百思ノ唇端ニ上《のぼ》ルヲ

名匠ノ生涯唯是レ夢
賎妾ノ悲歓況ンヤ亦何《なに》
千秋ノ冶容《やよう》我ガ身ニ非ズ
何者ゾ額中ニ妖シク流目《ながしめ》スルハ

（昭四九・五・二四）

東京国立博物館ニ於テ世斬奴《セザンヌ》展ヲ観ル。少壮ノ作ハ自負多ク、求ムルコト急ナレドモ力《ちから》及バズ（不）、不安焦燥自《おのずか》ラ画ニ在リ。五十歳遂ニ求ムル所ヲ悟リ、超邁《ちょうまい》入神《にゅうしん》、早春万芳ノ齊《ひと》シク発《ひら》クガ如シ。此自《これよ》リ縦横無《む》礙《げ》ニシテ（而）一々規矩《きく》ヲ存シ、彼モ又行ク所ヲ知ラズ（不）、遂ニ覚エズ（不）津《しん》ヲ渡リ彼岸ニ入ル。現象ノ遠クシテ（而）精神ノ已《すで》ニ還リ難キヲ感ズ、形色両《ふたつなが》ラ意味ヲ喪ヒ、虚無前ニ在リ。晩年ノ数作ハ殆ド死ヲ見ル人ノ作レル所ニ近シ。

天才ノ不安　画《え》自ラ知ル
形体動揺色混沌
四十九年非《ひ》初メテ悟リ
五彩清艶描線静カナリ

確信爛燦画面ニ輝キ
快剱縦横斬ッテ剰《あま》サズ（不）
恍惚血ヲ啜《すす》ッテ遂ニ身ニ及ブ
精神深ク戦《おのの》イテ死《し》前ニ在リ

晩歳頽然《たいぜん》トシテ混沌ニ還ル
形体動カズ（不）色語ラズ（不）
臨終ノ光景何ノ見ル所ゾ
胸中吹キ過グ無辺ノ風

（昭四九・五・二四）

仙台三越百貨店ニ於テ中国故宮博物院自リ舶載セ被《ら》レシ
成化闘彩《とうさい》酒杯一双ヲ見ル

一双十億ノ葡萄杯
海涛万里中国ヨリ来タル
好奇ノ千目視ルコト撫ヅルガ如シ
昔ハ日ニ百摩ス美人ノ掌

嫋《じょう》々タル紫実房《しじつふさ》ハ露ヲ零《こぼ》シ
纏綿《てんめん》タル紅蔓《こうまん》葉ハ優シク覆フ
肌理《きり》愁ヘヲ含ンデ佳人(注1)ヨリ白ク
胎骨幻ニ似テ飛燕(注2)ヨリ軽シ

昔萬貴妃《ばんきひ》(注3)　君寵ニ傲《おご》リ
此ノ杯ヲ造ラ令《し》メテ初メテ嫣《えん》然タリ
知ラズ（不）造化ノ之ヲ作《な》セル意
神工豈ニ一婦人ノ為ナランヤ

見ズ（不）ヤ東陲《とうすい》ノ一書生
鬢髪全テ白ク究美ニ老ユ
君ヲ見テ千年旧知ノ如シ
唯悲シム俗眼ノ淑徳ヲ汚スヲ

古来蛾眉良媒《りょうばい》ニ乏シ
世人ノ賞誉徒ラニ好色
照明ハ玉体ヲ曝《さら》サ令《し》ムルニ似タリ
絢爛タル会場人ヲシテ憂ヘ使《し》ム

（昭四九・一〇・二二）

（注1）李夫人を指す。其の兄楽士李延年が「北方ニ佳人有リ、一顧スレバ人ノ城ヲ傾ケ、再顧スレバ人ノ国ヲ傾ク」と唱って妹を漢の武帝に薦《すす》めた。
（注2）趙飛燕を指す。漢の成帝の皇后の女弟、「軽身ニシテ能ク掌上ニ舞フ」と言い伝う。
（注3）明の成化帝の寵妃。帝、此の女の為に闘彩瓷器を発明せしめたと言い伝う。

掬粋《きくすい》巧芸館ニ中国ノ名陶ヲ観ル

一麹《いっきく》搾リ出ダス千ノ黄金
化シテ名陶ト為ッテ館内ニ充ツ(注1)
雲垂レ日弱ク観ルニ見難キモ
栄光燦然トシテ四壁ヲ照ラス

古来英傑多クハ不遇
辺陲《へんすい》ニ黜《しりぞ》ケ被《ら》レテ本色ヲ現《あらわ》ス
名都ノ文物又斯クノ如ク
却《かえ》ッテ僻村《へきそん》ニ落チテ光輝ヲ知ル

君見ズ（不）ヤ青花ノ瓢型瓶《ひょうけいびん》
三百五十　人《ひと》ノ購《か》フ無シ(注2)
一朝館ニ帰シテ元瓷《げんじ》ト認メラレ
天下皆称ス無価ノ宝ト

主人頻《しき》リニ誇ル祖父ノ明ヲ
若《も》シ此ノ人無カリセバ此ノ瓶ヲ如何ニセン
北陸ノ野史《やし》奇才有リ(注3)
此ノ人ニ遭ハズ（不）此ノ秋モ老ユ

（注1）此ノ館所蔵ノ器ハ、羽前小松ノ造リ酒屋「樽平」主人ノ収集セシ所ナリ。

（注2）主人言フ、「此ノ瓶購価三百五十円。二百五十円ニテ富山ニ在ルモ数年人ノ購《もと》ムルコト無カリシヲ、壺中居（東京ノ骨董商）主人買ッテ之ヲ祖父ニ勧ム」ト。

（注3）作者自ラ言フ。

（昭四九・一一・四）

上杉神社稽照殿《けいしょうでん》ニ上杉謙信愛蔵ノ宋龍泉窯砧《きぬた》青磁唐草文大花瓶ト（与）仙盞瓶《せんさんびん》トヲ観ル

名将枕頭ノ青磁瓶
四時清夢ニ牡丹ヲ入《い》ル
夢ニ妙計ヲ得テ醒メテ水ヲ求ムレバ
水ハ湧ク龍泉ノ仙盞瓶

龍泉昔出ダス莫耶《ばくや》ノ剱（注1）
正気遥カニ沖《ちゅう》ス斗牛ノ間
破邪当《まさ》ニ比スベシ公ノ義侠ニ
名器ノ人ヲ選ブ真ニ党《とう》有リ（注2）
越兵一タビ動ケバ能ク斬魔
翠色一タビ揺《うご》ケバ人ヲシテ粛《しゅく》タラシ（使）ム

（注1）昔龍泉に干将《かんしょう》と莫耶という夫婦が居てそれぞれ当時はまだ珍しかった鉄の剱を作った。二つの剱は離れ離れになると互いに相手を慕って夜には啜り泣いたとか、遠くから見るとその在る場所から斗宿《としゅく》と牛宿と（各星座の位置。斗宿は北斗七星。）の間に光芒が天に沖するのを見るとか言い伝う。南宋の忠臣岳飛の詩にも「雄気堂々斗牛ヲ貫ク。誓ッテ臣節ヲ以テ君讐ニ報ジ、姦悪ヲ攘除シテ車駕ヲ還サン。問ハズ登台万古侯」とある。

（注2）名器は自分と同類の傑出した人物を選んでその伴侶となる。

（昭四九・一一・四）

彌彦《やひこ》神社宝物殿ニ蘭渓道隆《らんけいどうりゅう》ガ宋ヨリ請来《しょうらい》セシ龍泉窯砧《きぬた》青磁袴腰《はかまごし》香炉ヲ観ル。蘭渓之ヲ鎌倉将軍ニ献ジ、後徳川家康ニ帰シ、越後国守髙田藩主松平忠輝ガ拝領シテ、慶長十七年彌彦神社ニ奉納セシ物。形態重厚釉色瑩潤真ニ同類中ノ尤品也。

蘭渓道ヲ載セテ海涛ヲ超エ
万里請来ス名香炉
之ヲ将軍ニ献ジテ歓心ヲ覓《もと》ム
聖僧豈ニ唯法ヲ説クニ巧ミナルノミナランヤ
尓来《じらい》常ニ政略ノ具ト為リ
荘麗殿中不遇ヲ嘆ゼシガ
今日相見ル白頭翁
清容詩魂逓《たが》ヒニ相照ラス

（昭五〇・五・二一）

東京国立博物館ニ於テ中国古代青銅器展ヲ観ル

文明爛熟シテ枝葉茂リ
根幹空シク枯レテ梟蟻《きょうぎ》巣クフ
一タビ会場ニ臨メバ哲人ノ姿
三代ノ偉観義気凛《りん》タリ
土水侵サズ（不）却ッテ之ヲ護リ
歳月ノ彫琢更ニ彩《いろどり》ヲ添フ
銅塊傲牙《ごうが》トシテ精神存シ
万客忽チ悟ル己《わ》ガ生ハ虚ナリト

史ニ告グ言フヲ休《や》メヨ　奴《ど》之ヲ造レリト（注1）
君ガ舌ハ鵝毛ノゴトク　彼ガ腕ハ鼎《かなえ》ノゴトシ
今日昇平自由ノ民
覚ラズ（不）文明ノ鐵鎖ヲ為セルヲ（注2）
曠世ニ放浪スル我レハ賎奴
身ハ拘束セ被《ら》レ名ハ辱ヅカシメ被ルルモ
精神ノ飛翔誰カ能ク縛《ばく》セン
継ガント欲ス古人 鑄鼎《ちゅうてい》ノ心ヲ

（注1）歴史学者に告げる。「奴隷がこれを造った」などと世迷言を言うな。
（注2）文明が君たちを縛る鉄の鎖となっていることを、覚《さと》っていない。

（昭五一・六・五）

新獲漢作唐物茶入中山文淋ノ歌

真暗黒《しんあんこく》中七彩備ワリ
燎爛色裡《しきり》虚空《こくう》蔵ス
形状軽重《ちょう》有レドモ在ラズ（不）
正《まさ》ニ是レ掌上ノ一宇宙（注1）

方丈ノ茶室ニ王侯ヲ聚《あつ》メ
凌雲殿内ニ貴顕ヲ空《むな》シウス（注2）
茶人一タビ萎《い》シテ相識無シ
竊《ひそ》カニ倣《なら》フ伯牙《はくが》ノ復《ま》タ弾ゼ不《ざ》リシニ（注3）

爾来《じらい》形容人ヲ照ラサズ（不）
累伝《るいでん》名ハ没ス辺陲ノ草
唯三嚢《のう》（注4）ノ絢爛トシテ添フ有リ
零落主ニ従フ忠義ノ光

世《よ》真物《しんぶつ》ヲ覆フモ滅《ほろぼ》ス能ハズ（不）
哲人（注5）来タリ住ス北海ノ浜《ひん》
忽チ汝ヲ認メテ為ニ銭嚢ヲ傾ク
嚢中空闊トシテ思ヒモ又清シ

壷ハ蝉翼《せんよく》ヨリ軽クシテ（注6）宇宙ヲ容《い》レ
心ハ大空《たいくう》ヨリ虚《むな》シクシテ世界ヲ覆フ
汝ト（与）対坐シテ言フ可キ無シ
秋陽寂寥トシテ釉中ニ落ツ（注7）

（注1）以上茶入の形容。漢作唐物は最も古く中国より船載せられし物。文淋はリンゴの異名にして茶入の形状に因りて呼ぶ。文淋茶入は一般に最上の天目釉を施す。黒褐色中微妙の金気色と虹彩ありて肌理光沢膩潤を極む。形態端正にして繊細微妙極まり無し。

（注2）雲を凌ぐ広壮な御殿に貴人顕人を一人残さず収容した。

（注3）伯牙は中国古代の琴の名人。友人鍾子期《しょうしき》が彼の弾琴を聴いて能く理解した。子期の死後伯牙は二度と琴を弾じなかった。それと同じように、紹翁や利休のような真の茶人が没してから、この茶入も心無き人の眼に触れることを避けたので、伝来を重ねるごとに名は忘れられ辺鄙の地に零落することとなった。

（注4）茶入を納める三つの仕覆《しふく》。この茶入には純子《どんす》と間道《かんどう》の古裂《こぎれ》を以て造れる仕覆三箇付従し有り。

（注5）作者自ラ比ス。

（注6）漢作唐物茶入は「軽キコト蝉翼（せみの羽根）ノ如シ」と形容される。

（注7）終日この茶入と対すれば、やがて夕日傾いて屋中にさし入り、釉中に影を落として暮れ行かんとす。

（昭五一・一一・八）

作曲歌唱集

（沢登佳人作曲
澤登春子作譜）

薔薇よ　薔薇よ
屍《しかばね》に　散り敷きて

彼処《かしこ》の国に　幸福《さいわい》を得ん

薔薇よ　薔薇よ
花びらは　散り果てぬ

薔薇よ　薔薇よ　夜の花よ

仮面城葬送曲

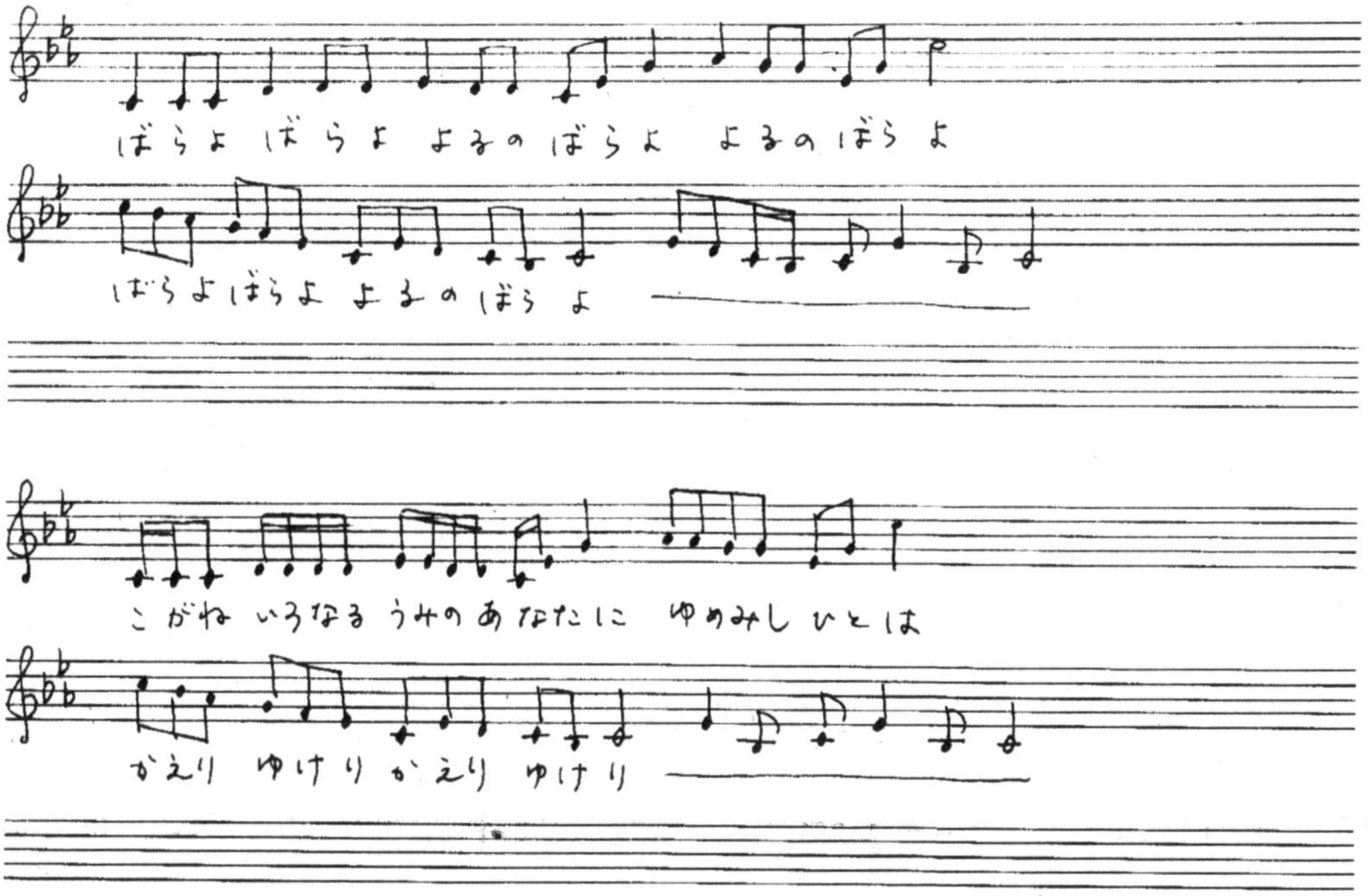

仮面城葬送曲

（癩死者の葬送曲）作者訳者不明小説『仮面城』より

薔薇《ばら》よ　薔薇よ

夜の薔薇よ　夜の薔薇よ

薔薇よ　薔薇よ　夜の薔薇よ

黄金色《こがねいろ》なる

海の彼方《あなた》に　夢見し人は

還り逝《ゆ》けり　還り逝けり

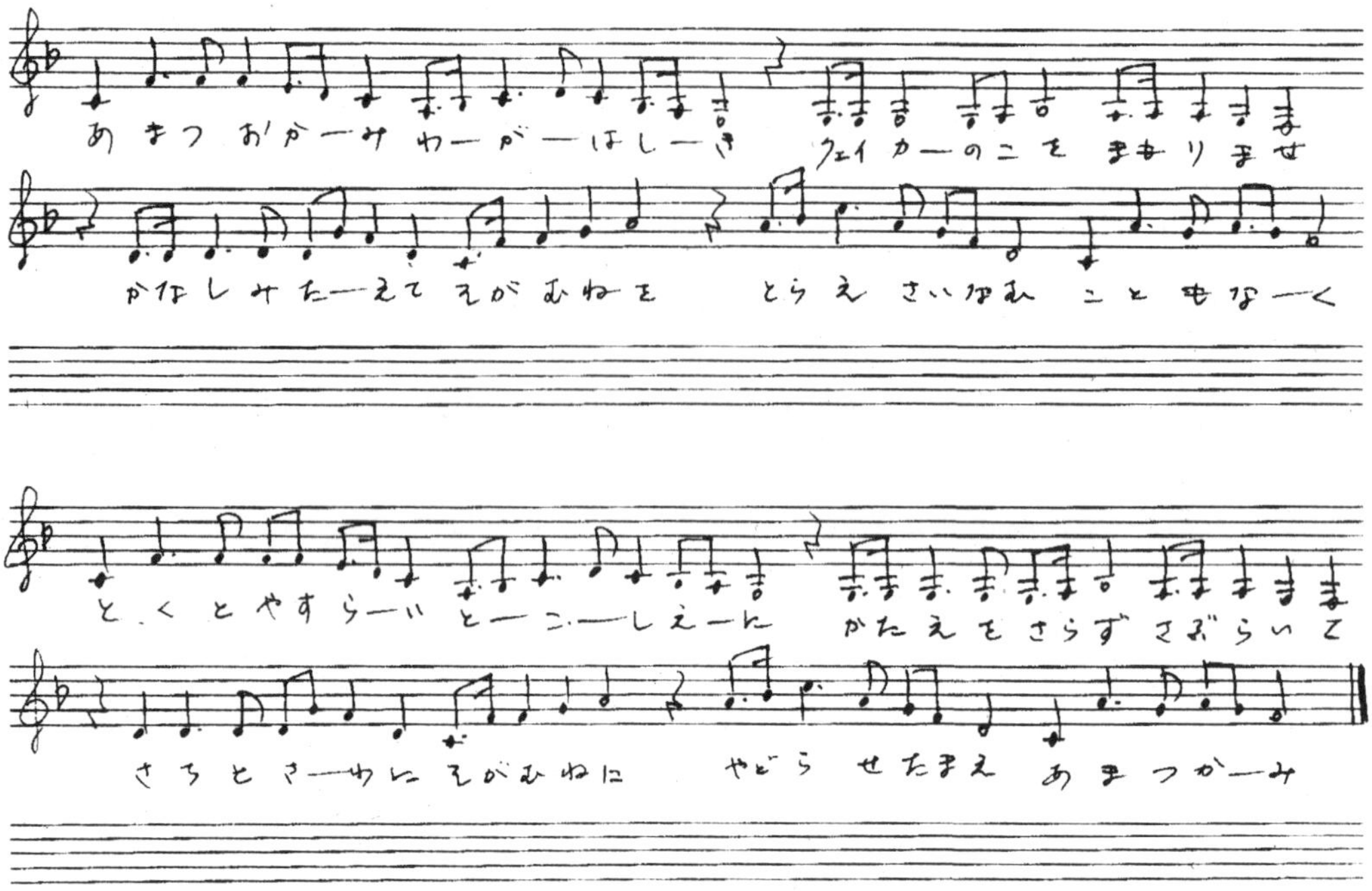

天津《あまつ》大神《おおかみ》　我《わ》が美《は》しき
クェイカーの娘《こ》を　守りませ

悲しみ　絶えて　そが胸を
囚《とら》え　苛《さいな》む　ことも　無く

徳と安らい　永《とこし》えに
側《かた》えを　去らず　侍《さぶら》いて

幸《さち》いと　多《さわ》に　そが胸に
宿らせ給え　天津《あまつ》神《かみ》

時の小車《おぐるま》　旋《めぐ》るままに
そが喜びを　乗せて来《こ》よ

耐うる　男《を》の児《こ》の　魂《たましい》を
囚《とら》え　苛《さいな》む　小《お》止《や》み無き

歎きの　如何に悲しきか
それさえ　絶えて　いと愛《は》しき

かの軟胸《やわむね》は　つゆ知らで
過ごさせ給え　天津神

別れの祈り

別れの祈り

クェイカーの娘に献ぐる歌・バイロンの詩（訳者不明）より

思えば悲し　我《われ》ら又《また》
相見る時は　あらざらん

その昔《かみ》　見てし　面持《おももち》に
見交《かわ》すことも　かなうまじ

されば　我《われ》　今《いま》　我が胸の
いとも　切《せち》なる　旨　受けて

別れの祈り　献《ささ》ぐるを
君よ　せめては　許せかし

命《いのち》　冥利《みょうり》な　舟乗《ふなの》りゃ　一人　　　　アヨイトマケホ

船出《ふなで》した時《とき》や　七十余人　　　　ラムも一本よ

海賊の歌

海賊の歌

スティヴンスン『宝島』（訳者不明）より

死人《しびと》の箱の上に　十五人

アヨイトマケホ

ラムも一本よ

酒と　悪魔が　残りは　やっつけた

アヨイトマケホ

ラムも一本よ

昔荊州ノ王靖安、未ダ志ヲ得ズ、朱流ノ徒ト交ハリシ頃、一日酒宴ノ席ニ招カレ、可憐ノ美姫ガ唱フヲ聞クニ、曲ハ朗ラカニシテ声ニ哀調有リ、(その曲と歌詞を159ページに記しました) 遂ニ之ヲ獲テ妻ト為ス、後靖安荊州ニ守タリシトキ、賊軍ノ攻略ニ遭フ、賊将靖安ヲ酒席ニ侍セシメ、夫人ヲシテ起ッテ舞ハシム、或ハ緩ク或ハ急ニ、一回一旋一上一下、天華《げ》ノ空中ニ漂フガ如ク、飛燕ノ掌上ニ舞フガ如シ、衆皆酔フ、忽チ身ヲ空中ニ翻シ旋回シテ立ツ、賊将俄カニ腹痛ヲ発シ一夜ニシテ死ス、賊散ズ、夫人拳法ヲ少林寺ニ極ム、脾ヲ蹴破シ、衆人知ラザリシナリ。(陳玄贇《げんぴん》・拳法秘奥書より。陳氏は明国の滅亡により、尾張藩に帰化した儒者。書、医薬、菓子に通じ、中国の製陶法を伝えて「げんぴん焼き」を残し、拳法起倒流を興した。林羅山、石川丈山らと交わり、『老子経通考』等を著わす。)

崑崙《こんろん》の乙女《おとめ》

崑崙《こんろん》の乙女《おとめ》

（作者不明香山滋か？　の小説より）

昔《むかし》　崑崙の　山奥に
一人の　乙女が　住んでいた

肌《はだ》は　朝日に　すきとおり

頬《ほほ》は　夕べの　雲の色

父と母とを　知らぬ身の
春夏秋《はるなつあき》や　雪の夜を

泣いた涙が　池となり

池が凍って　玉《たま》となり

今も崑崙の　山奥に
玉《たま》　掘る人が　絶えません

玉　掘る人が　絶えません

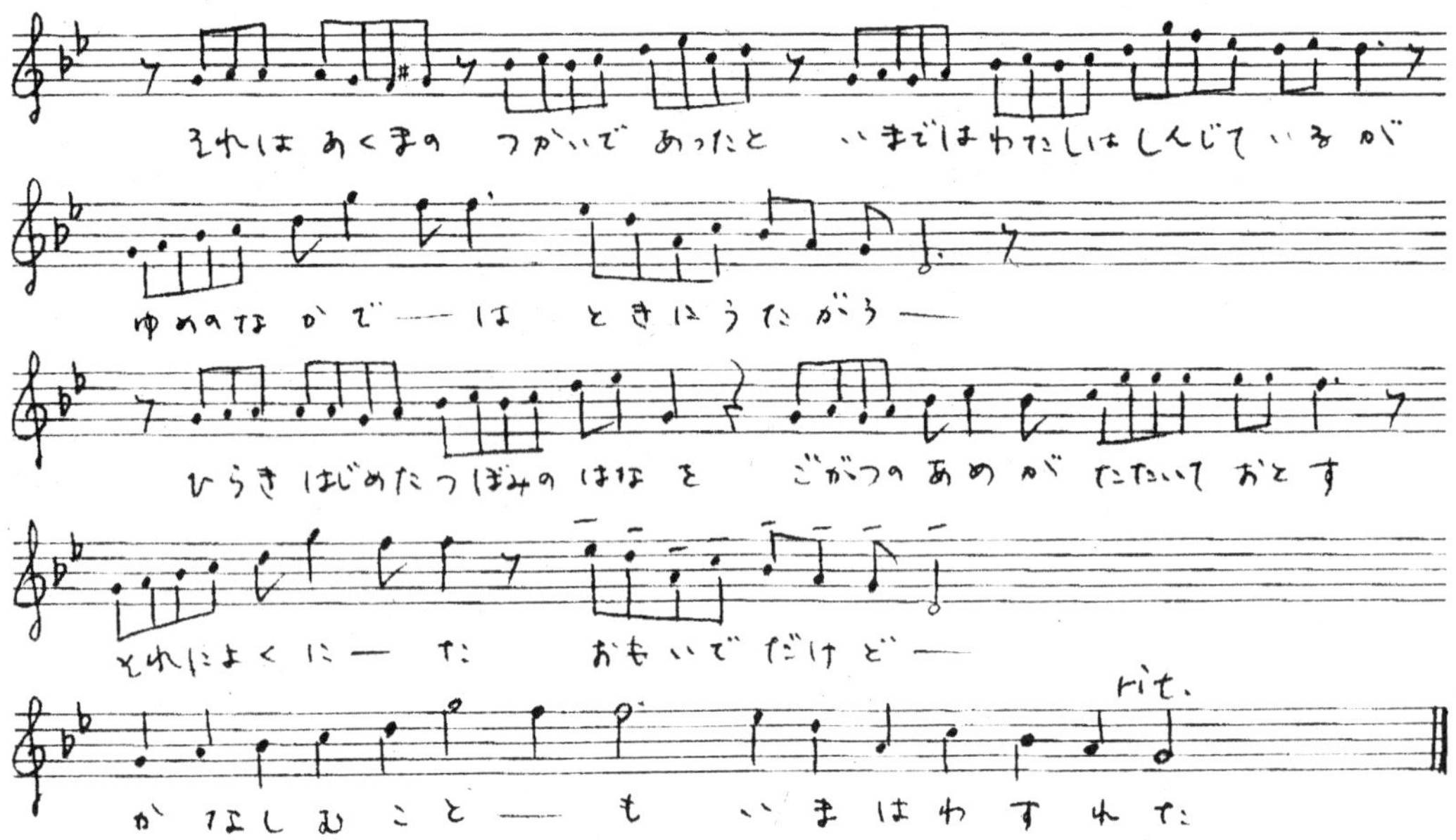

それは悪魔の　使いであったと
今では　私は　信じているが

夢の中では　時に　疑う

開き初《はじ》めた　蕾《つぼみ》の花を
五月《ごがつ》の雨が　叩《たた》いて落す

それによく似た　想い出だけど

悲しむことも　今は　忘れた

それは昨日《きのう》のことであったか

それは昨日《きのう》のことであったか

（沢登佳人　作詞作曲）

それは昨日の　ことであったか
それとも　遠い　幻《まぼろし》の日か

不思議な夢を　私《わたし》は見たのだ

通りすがりの　旅人だったが
投げた微笑が　讐《あだ》であった

私の恋は　夜ごとに燃えた

男も私《わたし》を愛していたが
定めの時は人を待たない

木枯《こがらし》のように　男は去った

夢と現《うつつ》に橋架けて

我《われ》は汝《いまし》を　愛せしが

腰くびれたる　裸《はだか》身《み》の

呪《のろ》い妖《あや》しき

汝《な》が唇《くち》は　魔性《ましょう》の涎《よだれ》　滴《したら》せつ

心　操《みさを》に　身《み》は悶《もだ》う

怯《おび》えつつ　我が　愛《いと》おしむ

君が言葉の

紅真珠《べにしんじゅ》　牢獄《ひとや》を乱《みだ》す　敵あらば

殺せ　血を吸え　女郎《じょろう》蜘蛛

女郎蜘蛛《じょろうぐも》

女郎蜘蛛《じょろうぐも》

（作詞は沢登佳人であるが作曲は他人の模倣かもしれない）

庭にそぼ降る五月雨《さみだれ》が

蜘蛛の牢獄《ひとや》に

かかる時　結ぶ儚《はかな》い　首飾《くびかざ》り

蜘蛛よ　お前は　何と見る？

恋《こい》知らぬ娘《こ》の幸福《さいわい》に

か黒《ぐろ》き頬《ほほ》を紅《あか》らめて

人知らぬ気《げ》に　糸紡《つむ》ぐ

汝《な》は　我が友に　非《あら》ざりし

明日《あす》の生命《いのち》の知れぬ故《ゆえ》

今日《きょう》の生命を　愛《いと》おしみ

お日《ひ》様《さま》の歌

お日《ひ》様《さま》の歌

（沢登佳人　作詞作曲）

お日様が　昇るよ

東の　空に　昇るよ

寝ぐらを　出《い》づる　雀《すずめ》の　啼く声

チュン　チュン　チュン　啼くよ

お日様が　沈むよ

西の　空に　沈むよ

寝ぐらに　帰る　烏《からす》の　啼く声

カー　カー　カー　啼くよ

著者

沢登《さわのぼり》　佳人《よしと》

1927年　横須賀市生まれ。

1930年　佐渡市相川で記憶が生まれる。

1952年　京都大学法学部（旧制）卒業。

以後、名古屋大学助手、中京大学、山梨学院大学、新潟大学、白鴎大学、各教授を歴任。

1972年以来新潟市に在住。

現在、新潟大学名誉教授。

本書の各詩は1971年以降折に触れて執筆。歌曲は1946～1949年に第八高等学校（旧制）在学中に作る。

作曲歌唱集作譜

澤登《さわのぼり》　春子《はるこ》

1966年　神奈川県伊勢原市生まれ。
1984年　桐朋学園大学音楽学部作曲理論学科入学。
1991年　同研究科卒業。
以後、音楽活動に専念。

詩　集

2015年３月13日発行

著　者　沢 登 佳 人
発行者　柳 本 和 貴
発行所　㈱考古堂書店
〒951－8063
新潟市中央区古町通４番町563番地
☎025－229－4058（出版部直）
印刷所　㈱ウィザップ

ISBN978-4-87499-831-1 C0092